越过風景

费永学　著

江苏大学出版社
JIANGSU UNIVERSITY PRESS

镇　江

图书在版编目(CIP)数据

越过风景 / 费永学著. — 镇江：江苏大学出版社，
2020.12
　　ISBN 978-7-5684-1522-4

　　Ⅰ. ①越… Ⅱ. ①费… Ⅲ. ①散文集－中国－当代
Ⅳ. ①I267

中国版本图书馆 CIP 数据核字(2021)第 007890 号

越过风景
Yueguo Fengjing

著　　者/费永学
责任编辑/吴小娟
出版发行/江苏大学出版社
地　　址/江苏省镇江市梦溪园巷 30 号(邮编：212003)
电　　话/0511-84446464(传真)
网　　址/http://press.ujs.edu.cn
排　　版/镇江市江东印刷有限责任公司
印　　刷/江苏凤凰数码印务有限公司
开　　本/710 mm×1 000 mm　1/16
印　　张/17.5
字　　数/270 千字
版　　次/2020 年 12 月第 1 版
印　　次/2020 年 12 月第 1 次印刷
书　　号/ISBN 978-7-5684-1522-4
定　　价/58.00 元

如有印装质量问题请与本社营销部联系(电话：0511-84440882)

目　录

自序

跋

自序

2300 年前，庄子在《逍遥游》中说"绝云气，负青天，然后图南，且适南冥也"——鲲鹏远游，是无数心存志向的学子们向往的至高境界。

100 多年前，西方探险家们历尽千辛万苦，冒着呼啸的风雪，翻过冰山、逃过冰裂、登上冰原，用自己的生命抵达了地球的最南极点。

南极是遥远、纯粹、极致的象征，是地球上唯一没有人类居住的净地。它如同一个绝世独立的冰美人，高傲神秘，原始荒凉，令人无限神往。有幸见过它的人，都会被它的梦幻所震撼。

当我穿越"死亡西风带"——德雷克海峡到达南极半岛，迎着漫天飞舞的大雪登陆的刹那，即被眼前巍峨的雪山、雪地里千万只憨萌的企鹅和海豹所吸引。那种欣喜、惊艳的感觉，让人想喊又不敢喊，怕惊扰了这些生灵，破坏了天地间寂辽的安宁。那漫山遍野晃动的黑白礼服，或自由自在地嬉戏打闹，或旁若无人地引吭高歌，那美妙优雅的小合唱、激情豪迈的大重唱，无一不动人心魂。

南极探险最伟大的失败者沙克尔顿的墓志铭上刻着："我相信，人的一生，应该竭尽全力去获得生命最好的奖赏。"

很多人问我，你去南极冷不冷？害不害怕？说实话，我没有纠结过这个问题，倒是十分地积极和向往。我觉得自然本来就充满了无穷的未知和挑战，在没有亲身经历的情况下，一切的担心和害怕都是多余的。事实上，去过南极后，我无比兴奋和激动，旅途的一切辛苦劳累都不值一提。倒是期盼能再次踏上那片纯净的冰雪世界，希望能在冰原上徒步，能攀登南极的山脉，能追随那些英雄们的足迹，一直到达南极极点。

不过，去南极旅行，确实需要胆量和冒险精神。我敢于前往，可能和我经常户外探险、登山徒步分不开。西藏的高原跋涉、零下20摄氏度黑龙江的冰雪之行、徽杭古道从桑拿天走入冰窖的天气突变、高山草甸武功山的绝望坡、奇险第一华山的鹞子翻身……这些经历给我的身体和精神带来了极大的挑战。在一次次的咬紧牙关、坚持再坚持下，我历练出了在恶劣环境下自由行走的能力，也慢慢具备了坚韧的毅力和乐观豁达的精神。

其实人生就是一场旅行，路途高低起伏，坎坷不平，有阳光明媚，也有黑暗风雨，既充满了不为人知的痛苦，也有不可预料的祸福。而对于每一个勇于挑战自己的人来说，或许这种生命自身在面对强大困境时的坚韧和顽强，才真正体现了微小生命个体的伟大。

南极归来后，我的心性发生了很大的改变。其实，自从踏上那片土地，改变就已悄然开始。南极的大美无言、大音希声，以及生命与自然的默契和谐，深深触动了我。现在，我的心态变得平和、宽容了许多。遇到事情，不再焦急，而是平心静气地想办法解决。心境也淡泊了，以前看不惯的一些事、一些人，以及原本一些浮躁世俗的心态、尘世的烦扰似乎也已悄然隐匿。遇到困难挫折，不再焦急烦恼，而是坦然面对，顺其自然。心性似乎也温和超脱了，整个人变得开朗、轻盈、洒脱。我想，这些就是南极带给我的财富。

现在的我，我尤喜仰望蓝天，宛如看见南极纯蓝的天空和海洋，无限旷达而深远。偏好黑白色调，它们让我想起南极白色的冰川、雪山，黑色的岩石、沙滩，还有企鹅一身的黑白配，经典，永不过时……南极的原始和简单，已经深深烙印在我的心里，无声无息地浸入了我的骨髓。

盛夏的夜晚或寒冬阳光和煦的午后，我躺在阳台上，微闭眼，似乎就会看见浩瀚的海洋、晶莹剔透的冰川、无忧无虑生活的企鹅和海豹……无比留恋那样超然脱世的境地。闲暇之余，喜欢一个人安静地看书、写字、画画、喝茶，享受这样宁静的时刻。

我特别迷醉乡间、田园的清幽，享受登山、徒步的快意，崇尚那份徜徉大自然的自由。开始懂得在劳碌后停下脚步，给自己放个假，带着眼睛，带着一颗属于自己的心，在路途中真切地感知"天街小雨润如酥""留得残荷听雨声"的意境；从四季轮回中，体验花鸟虫鱼"细雨鱼儿出，微风燕子斜""秋风袅袅秋虫鸣"的天籁之声，真真切切地去感受世间的风景。

在平常的日子里，在某些瞬间，我都会无意识地想起南极的静谧和旷远。步行街上喧嚣涌动的人群，晚高峰时川流不息的十字路口，旅游景点只见人头不见景的爆满，等等，都促使我思考目前的生活状态和前行的方向。

在高速发展的科技浪潮中，现代人似乎越来越不关心大自然的节奏，忽略天地万物，四时有节，顾自埋头一路狂奔，在名利的裹挟中，忽略了本心，身处密集的都市圈，却陷入深深的孤独。

人就是自然的一员，身处大自然中，身心都会放松愉悦。亲近自然，可以为单调的生活注入一种向上的活力，从太阳折射在一花一叶上的光芒，也可以领悟到生活的乐趣和智慧的启迪。在发现生命更多精彩的同时，也让即将被生活缠绕日益枯燥的心变得温柔、坚强、澄澈。

　　自然在考验我身心的同时，也赐予了我无穷的美景、无限的激情和无数的感动。我遇见的很多人、很多事和很多的情谊，都让我万分感激，深深地铭刻心底。

　　翻越高山，方知攀登艰难，才会珍惜每一个随风而行的日子。越过大海，领略风暴旋涡，才会珍爱每一日普通平凡的生活。这些经历不仅是一种财富，它还会融进骨子里，在潜移默化中丰盈灵魂、改变生活方式，从而使你成为一个干净通透、富有魅力的人。

　　越过风景，生活会更有情、有趣、有味，还有梦。

费永学

庚子年冬月于碧水铭苑

维度一

南极大冒险

南极旅行不是梦

去南极旅行一直是我的梦想，原本希望游历过祖国的千山万水和国外的五湖四海后，再去南极这个荒凉无垠的冰雪世界看看。可是，当好友"说走就走，去南极"的召唤声响起，又激发了我内心的冲动。想想也是，不能等一切准备就绪再去圆梦，那时，或许人老体衰，或许疾病缠身，不如趁现在年华正好、精力充沛，还拥有一颗不羁的心，去冒险挑战，开启一场奇幻的探险之旅。

每年全世界大约有 5 万人前往南极，中国约有 5000 人。相对于国内外的旅游热度，去南极探险的人并不多。有的说，南极太冷了，那是极度严寒地区，不敢去；有人说，太远太累，火车、飞机、轮船倒腾不说，旅途风险还很大；还有人说，费用太高了，等赚够了钱再去……不去的理由千万条，困难也无处不在。其实，考虑太多，反而束缚了自己。我没有犹豫，决定跟随心中所想，果断收拾行囊，勇敢出发。

11 月中旬是南极夏季的开始，一年当中，也只有这个季节是白昼，温度最高。我和好友从上海浦东国际机场出发，第一程到达迪拜转机，10 个小时的航程，睡一觉，吃过两餐就到了。第二程，16 个小时，看了一本书、两部电影，不知不觉就到达巴西里约热内卢。经停后，2 个半小时之后抵达了阿根廷首都布宜诺斯艾利斯。总飞行时间约 32 个小时，航程 17000 多公里，跨越了亚洲、非洲、欧洲、南美洲，穿越了印度洋、大西洋。用 2 天时间，横跨了半个地球。

　　第二天，我们从布宜诺斯艾利斯坐飞机一直往南飞，3 个半小时落地在离南极最近的乌斯怀亚小镇。接着，在港口乘极地船前往南极，整整 2 天，穿越了波涛汹涌的德雷克海峡，顺利抵达南极半岛。

　　从家到南极约 5 天时间，看起来似乎有些遥远。但其实，世界上真正遥远的路途，是你的梦想与你跨出的第一步之间的距离。

　　当我们乘船渡过传说中的"魔鬼西风带"——德雷克海峡时，并没有遇到恶劣的天气，虽然我们晕船呕吐、四肢无力，但这些并没有摧毁我们的意志。相反，浩瀚无垠的太平洋、印度洋、大西洋在这里携手相迎，让我们看到了意想不到的美景：漫天瑰丽的火烧云、金黄澄亮的海上日出、日月同辉的梦幻画面，无不让人陶醉。

南极是世界上最寒冷的地方，每年只有 20 天左右为晴好天气，其余日子都是狂风暴雪，空气干燥。每年 11 月到来年 3 月的夏季，温度会上升，冰雪会融化。我们到达南极时，沿海温度在摄氏零度左右。

南极之行的费用确实高于一般的旅行，因为距离远。旅行费用由旅行天数的长短、航船的档次、船舱的等级决定。我们这次是国内包船 16 日游，最低的价格在 6 万元左右。同行团队中有 26 天 + 南美 4 国游，费用在 11 万元以上。当然，也有为达梦想，一直等待最后一分钟船票的穷游。我认为，与其花几万元买名牌包包、买豪华手表，不如省下钱去丰富自己的阅历，感受不一样的人生之旅。

去南极探险最基本的要求就是身体健康。因南极为无人居住区，如遇身体不适，或旧病复发，只能依靠船上的医疗设施和救护人员。涉及生命危险时，全船人员必须立即返航，无论到达了哪里。

当我站在世界的最南端，感受着极地的原始、苍凉、寂静与神秘时，一切旅途的劳累都是值得的。当蓝天、大海、冰川、雪山的壮阔与美好展现在眼前时，一切的付出都是有回报的。那些呆萌的企鹅、憨憨的海豹、翱翔的海鸟等无不震撼人心。这里完全不同于这个世界上其余任何一处景色，是极致、纯粹的象征。

百年前，南极探险最伟大的失败者沙尔克顿说："探索未知之地是人类的天性，唯一真正的失败，是我们不再去探索。"勇敢出发吧，去南极探险，去真切体会什么是天高地厚，什么是自然的伟大，什么是生命的真谛。

穿越德雷克海峡

2500 万年前，南极大陆与南美洲大陆不知发生了什么分歧，导致两个板块彻底分了手。如今只有南极大陆遗世独立地坚守在地球的最南端。虽然两洲只相隔 1000 公里，但想去南极，并不容易。它的密友大西洋、太平洋、印度洋，环绕在它的周围。当地球自转，海洋暖气流和极地冷气流交汇后，形成了强烈的气旋，加上它忠实的保镖——强劲西风的参与，海上终年波浪翻滚，这就是人们俗称的"魔鬼西风带"，也叫"杀人西风带"——德雷克海峡。南极在它坚硬的冰雪铠甲之外，又加设了一道天然屏障，彻底冰封了它的心。

但地球上仍有那么多热情的人想去探望它，看它是否安好，包括我。考验无疑是严峻的，乘船必须穿越"魔鬼西风带"。这条全年有 300 天狂风怒号的海峡，历史上曾令无数船只在此葬身海底，让很多人望而却步。是的，去南极就意味着去冒险。

曾经看过一本书，书中介绍了《中国国家地理》杂志社李栓科老师的一次经历。当他乘坐一艘万吨巨轮穿越德雷克海峡时，遭遇巨浪，浪高数十米，船被高高抛起，然后再重重摔下，砸下的巨浪犹如一记重锤，将船砸进万丈深渊。船刚要浮起，又是一记重锤，甲板以上三层几乎全被摧毁，咆哮的海浪把厚厚的钢制门板彻底砸烂。当时很多人哭的哭，写遗嘱的写遗嘱，大多数人都在做弃船前的准备，随时上救生艇逃生，但都知道，茫茫大海上，获救的希望极其渺茫。为了全船人员的安危，船长果断掉头行驶，才避免遇难。

我们从南美洲最南端的乌斯怀亚港出发，上船后的第一件事就是召开安全会议。全部人员到大会议室集中，一个不能少。探险队长演示了救生衣的穿戴，讲述了逃生知识、路径、方法。当我们穿戴完救生衣，来到甲板两侧的小救生艇下方，探险队员为我们讲解如何上去的时候，忽然有一个盐城的男性团友晕倒在地，经过医生检查，判断是低血糖，那时都以为他是被吓晕的。

吃晚饭时，领队关照大家："我们在海上航行两天时间后到达南极半岛，其间要穿越风大浪急的德雷克海峡。为减轻晕船不适，给每人发几粒强效晕船药。注意，晚饭不要吃得太饱，尽早上床睡觉，大约11点多，我们的船会进入海峡。"

关于晕船，马克·吐温曾有过这样的描写："开始，晕船实在太难受了，你害怕你会死掉。后来，晕船实在是太难受了，你害怕你死不了。"去过南极的人都知道，真正的南极探险之旅大都是从晕船开始的。

我虽然担心，但考虑到平时身体健康，宽慰自己一定没有问题，同时祈祷风浪小一点，再小一点，让我们平安到达。

上床后，忐忑不安，没有睡着。我闭着眼睛，感受着船体轻微的晃动，犹如睡在摇篮中。迷迷糊糊中，船体似乎摇晃得厉害了，不一会儿，晃动的幅度大了，甚至，我觉得不能侧身躺在床上，否则容易前倾后倒，只好平躺。

屋内一片漆黑，仿佛到处都有"吱吱呀呀"的声响。黑暗中，我睁着眼睛，竖起耳朵，听见有"呼呼"的风声叫嚣着从窗边闪过。房间的橱门板发出似青蛙般"咕咕"的叫声，又像有鸟"叽叽"的鸣叫。突然一阵猛烈的晃动，放在桌上的水杯倒了下来，同时，"嘭"的一声，小橱门开了，里面的塑料袋冲了出来，东西散落一地，放在过道上的椅子也翻倒在地下，倒向门边，随着船体的晃动，滑来滑去，大橱内有箱子撞击橱门的声响。

室友被撞醒了，说什么东西倒了，我说好像是茶杯和椅子。她开了灯，爬了起来，说上个厕所。我关照她小心一点。话音还没落地，她"嘭"的一下从她那边跌倒在我的床边，我刚要伸手去扶，她又被甩到对面，估计刚才又是一个大浪。情急之下，她迅速抓住床栏，握紧边上的扶手，待磕磕碰碰上完厕所，艰难地爬上床后，才龇牙咧嘴地揉着被撞的大腿，直呼吃不消。

惊魂未定，随着船体的大幅度倾斜，突然"嘭"的一声巨响，橱门被猛烈冲开，有箱子砸在了地上，顺势冲向对面房门，"咚"的一声停住，接着又随船体反方向倾斜，狠狠地撞向橱门。橱门在这之前已重重地、猛烈地关起，遂又迅速打开。与此同时，卫生间的门也"哐"的一声打开，接着"呼"的一声关起。估计刚才室友没有关好。我的心提到了嗓子眼，非常害怕，不得不用手使劲撑住栏杆，用脚抵住墙壁，这样才不至于翻滚出去。

外面，狂风肆虐着，似乎要把门窗吹开。这样剧烈的晃动，让我一动不敢动，根本无法顾及箱子和其他物品的状况。此情此景让我惊愕，虽然之前有过心理准备，但事实上，这样的场景，如果不身临其境，永远无法想象到底发生了什么。

我一晚没睡，在此起彼伏的巨大晃动和惊慌恐惧中度过。第二天早晨，室友摸索着起床，她肚子饿，想去餐厅吃早饭。我刚想起床，觉得头晕目眩，浑身直冒冷汗，心里阵阵恶心，泛泛地想吐，脑袋似乎要炸裂开来。于是赶紧卧倒床上，一动不敢动。室友看我一脸惨白的样子，很心疼，说带点早饭给我。

待她回来后告诉我，全船70多名探险者，只有几个人去吃了早餐。餐厅的碗碟经不住船身剧烈的晃动，"哗啦啦"地全部落地，带汤水的食物不敢发放。严重的是，有一个人在下楼梯时跌倒，脚部扭伤，经医生处理后，他挂上了拐杖。另两人的手被惯性门撞致瘀血，已上药包好。还有两人因为下楼梯靠得太近，相互碰撞，手臂受了伤。晕船的更是不计其数，其中有几人因呕吐厉害，实在受不了，打了针。

午餐时分，我仍然没有胃口。但想到不能错过下午的一个讲座，我挣扎着下了床。还是头晕，又赶紧吞了一片晕船药，勉强吃了一个苹果。摇摇晃晃地来到休息室，发现没几个人在，老师在船体剧烈的颠簸中讲课。我紧靠沙发坐下，只见电视机在眼前不断晃动，胃里开始翻江倒海，讲课的内容完全听不进去。课一结束，我再也按捺不住，抓起呕吐袋，将吃下去的一股脑全部吐了出来。

晚餐去吃了，餐厅多了一些人，当然，还有很多人卧床不起。我吃了一点餐前包、蔬菜、米饭和水果，又吃了一颗晕船药，昏睡了一晚，第二天早上基本好了。

两天的德雷克海峡航行，不少同伴不吃不喝将近 40 个小时。船体的剧烈晃动让很多人不适，晕船的痛苦折磨着大多数人。这正应了中国南极科考队过西风带时的总结："一言不发，两眼无神，三餐不吃，四肢无力，五脏翻腾，六神无主，七上八下，久卧不起，十分难受。"

结束后，船长说，我们这次过德雷克海峡十分平常，并不惊险，没有遇到恶劣的天气，非常幸运。

爱秋岛与企鹅约会

远远看去，黑白相间的雪山矗立在湛蓝的大海中，流线型的海滩如同一轮弯弯的月牙。海浪拍打着岸边的礁石，发出一种旷远的声音，似萧，似埙，悠长深沉。半山腰似乎有绿色苔藓植物，如地衣覆盖于岩石上，整个雪山海湾如同一幅深邃寂寥的水墨画。

自从两个月前定下到南极旅行后，我无数次想象，南极会有着怎样的极地风光，是否能遇见我心心念念的企鹅。今天，我终于以一个探险者的身份，踏上了这片没有人类居住的陆地。这是一方遗世独立、不受任何干扰的纯净世界，它的无垠与安静持续了亿万年。

我们的航船驶近了南极半岛上的爱秋岛。探险队长告诉我们，这里是南极的原住居民企鹅的幸福家园。爱秋岛上，积雪如一件白氅铺满山坳山脊。南极的积雪很硬、很深，几乎没过膝盖，"扑哧"一脚栽进去，拔脚时格外吃力。待心惊胆战、一步一趔趄地爬到坡顶，已是气吁吁，汗涔涔。仔细想来，企鹅的脚是蹼状，还真有它们的道理。

举目四望，岛上有很多山头和突出的岩石。细看，惊喜地发现，每一个山头都被密密麻麻的企鹅占领。这边有独特白眼圈的阿德利企鹅，上下漆黑，肚皮雪白，好似穿着挺括锃亮的绅士礼服。那个山头归属橘色长嘴巴的漂亮巴布亚企鹅，它们白色的眉毛如同孔雀尾，向上飞扬。还有靠近海边的、仿佛戴着一顶海军帽的帽带企鹅，那脸庞下的一圈黑色绒毛，好似带子，圈起一只笑盈盈的嘴巴，看起来十分喜庆。

几乎有多半的企鹅伏在自己的小窝上。丽达小姐说，现在是南极的夏季，正是企鹅交配、哺育小宝宝的季节。那些一动不动趴在自己窝上、认真孵蛋的，大多是企鹅爸爸。这些小窝是用它们衔回的一粒粒碎石堆砌而成的。小窝里都有它们还没出生的蛋宝宝。企鹅妈妈繁殖期内一般会生2个蛋宝宝，在南极恶劣的环境下，往往只有一只能生存下来。爸爸们孵蛋期间，妈妈们则去海里觅食。

企鹅群里，不乏正谈着恋爱、你侬我侬相互亲昵的一对对。它们头靠着头，嘴对着嘴，相互摩挲着，那坚硬的喙相触，让人感觉是那么温馨柔软。

忽然，离我不远的一只小企鹅似乎看到了远处的心爱之人，急急忙忙地从山上跑下来，走得有点急了，冷不丁滑倒，于是，干脆挺着肚皮，像飞机一样，"刺溜刺溜"地滑下来，速度慢下来后，又迅速爬起，抖了抖身上的冰碴，继续昂首挺胸，一摇一摆地往前急行。那憨憨的模样，惹得我笑出了声，它似乎意识到了什么，侧过头来，绅士般地看了看我。那神情，让你不得不承认，这呆萌的小家伙，身体里一定藏着丰富的思想和有趣的灵魂。

企鹅是我见过最萌、最百变的动物。它们其实是海鸟，但又不像鸟，在陆地上无法起飞，只能爬行和直立行走。看似笨拙的身体，在大海里，却可以如鱼一样自由遨游，进化的翅膀已变为强劲的鳍，游泳速度甚至超过天敌海豹。它们一般在水里觅食磷虾等海洋浮游生物，在陆地上培育子女。

　　企鹅是标准的一夫一妻制，但只有繁殖期才能在一起。经过将近大半年的分别，大多数企鹅都会回到老家，夫妻再次团聚。但仍有少部分企鹅遭遇不测，等不到自己的另一半时，无奈的它们才会重新寻觅配偶。

　　每年的夏季，是企鹅夫妻最幸福的时光，它们恩爱、生子、带着小宝宝嬉戏，如同人类一样，尽心尽力地喂养孩子，不计回报地抚育着下一代。但是，当企鹅宝宝长大，褪去绒毛，换上崭新的羽毛时，它们就会带着小企鹅来到海边。那种分别悲壮决然，令人动容。小企鹅头也不回，义无反顾地纵身跃入大海，从此追随海洋的召唤，独自踏上未知的旅程，此生再难与父母相见。

冰山下的神秘幽蓝

　　南极大陆，遗世独立于地球的最南端，终年被巨大的冰盖淹没。它身披雪白的大氅，华服的厚度平均约 2300 米，最厚达到 4750 米，比三个泰山还高。全球 90% 的淡水冰都藏在这里。

　　夏季，当温度上升，有些临海的冰盖会脱离雪山，崩裂而下，形成巨大的冰架。冰架渐渐脱落成大片的冰川，漂浮在海

面，蔚为壮观。从表面看，一座冰山不是很高大雄伟，其实，冰山90％的体积是沉于海平面以下的，它庞大，未知，不可轻易触碰。泰坦尼克号就是在与它亲密接触后，惨遭不幸的。

当我千里迢迢来到南极，乘坐着橡皮艇，慢慢靠近大片冰川架时，整个人彻底震惊了。一座座雪白光滑、在阳光下泛着刺眼亮光的冰山漂浮在我的周围，我仿佛来到了一个梦幻的冰雪世界。我十分激动，想大声喊出心中的喜悦，但天地间是那么静谧，仿佛笼罩着一层神秘的色彩，让人不敢发声，唯恐惊扰了这万籁俱寂的圣地。

我深深地吸了一口气，清冽的冰气穿透了心扉。面对大海上的座座白色冰山，轻轻冒了一句："太美了！"不知道该用怎样的词汇来形容眼前的冰川，我忽然感到词穷。同船驾驶橡皮艇的丽达小姐，这位来过南极多次的科学家此时也似乎被征服了。她举目四望，一个劲地小声呢喃着"Nice，Nice"。看来，在南极雄浑壮阔的冰川面前，人类的语言都是苍白的。

我迫不及待地取出相机，对着冰川不停地按着快门，远的、近的、整体的和局部的，希望将这样的美景统统收入相机。可是，我发现一切都是徒劳的。我无法拍出冰山的全貌，以及每一个变幻的细节，也无法拍出冰山的酷白、清透。它如此神奇与神秘，我连它的一角都拍不全。

我干脆收起了相机，瞪大眼睛，用虔诚的目光追随着每一座冰山，想把它的美深深地看在眼里，映在脑海，藏在心中。

天空出奇地蓝，远处巍巍的雪山，绵延地伸向远方。眼前形状各异的冰山伫立在茫茫大海中，随着海水的微澜，轻轻晃动着，沉下去，浮上来，自由自在。有的像一张宽大的桌子，横竖如刀切一般笔直；有的像一座大山，高耸陡峭；有的像一只海螺，盘旋着上升。还有更多奇特诡异的造型，变幻无穷。我的眼没有办法一一看过来，再贪心，都无法看个够。千里冰川，旷达辽远，但无论大小，都是那么洁白夺目，宛如汉白玉雕琢而成，傲立于世。

橡皮艇缓缓地靠近了一座巨大的冰山，我发现，漂浮着的这座冰山，由于海水的不断冲击，近水的底部形成了一个螺旋状的冰洞，在阳光的照耀下，洞内泛出澄澈的淡蓝色光晕。那炫目的色彩，映射在深蓝色的海水中，形成了强烈的视觉对比，梦幻得让人窒息。南极的冰山怎会蓝得如此妖娆，让人惊叹。

丽达小姐说，这些冰山大多经历了地球千万年积雪的覆盖挤压，变得坚硬、紧密，近乎不含一点空气，因而阳光下会散射出幽幽的蓝光，甚至会有黝黑色的黑冰出现。

万里冰河，千仞冰川。初见冰山，我以为只有一种颜色，纯白洁净、晶莹无瑕。用心去看，才发现南极冰山的奥秘，冰山渗出的阵阵幽蓝，如梦如幻。这必然是经过了千百年的沉寂、上万年的锤炼，在穿越了恒久的时空后，方蜕变出的神秘色彩。

没有行程的旅行

远古冰川纪时代，南极半岛有一处因火山喷发、火山口塌陷形成的天然港湾，这就是奇幻岛。这座活火山口，终年被雪山环抱，风景优美，是上帝赐给人类的礼物。沙滩上密布细小的黑色火山灰岩，松软得可以挖出温泉水，冒出的袅袅雾气映照着皑皑雪山，犹如仙境。周围还有大批的帽带企鹅悠闲漫步，与人共浴，今天我们就去那里登陆。

不多久，我们乘坐的乌斯怀亚号破冰船渐渐驶近了奇幻岛，探险队长通知我们："2 个小时后，安排大家在奇幻岛的电话湾登陆，请做好登陆前的准备。"他特别交代："想在南极挑战严寒的，可以穿上泳衣，去海里游泳，与企鹅共浴。""太棒了！"人群欢呼雀跃起来，这样别致的安排，令大伙儿情绪爆棚。

各自回屋，开始做登陆前的准备。我特地贴身套了件泳衣，外面加了毛衣、冲锋衣等保暖衣裤。届时，准备纵身一跃，在南极梦幻般的仙境中，感受冰与火的交融，挑战我的勇气和毅力。

所有装备穿戴就绪，我早早来到船尾排队等待。只见 7 个探险队员乘着皮划艇，先行进入海湾，勘探地形，侦查动物，给我们上岛标出可行与不可行的行动路径。他们的小艇刚进入海面，还没驶出我们的视线范围，忽见大风卷着海浪迎面扑向皮划艇，整个小艇被淹没在风浪中，上下飘摇。船上的人员全部低着头，抵抗着铺天盖地、席卷而来的海水。站在大船上的我，见此情景不寒而栗，大喊："太危险了！"大海中的这叶扁舟，被海浪拍打得东倒西歪，一不小心就会被卷入海中。

在我惊魂未定时，探险队员们乘坐的小艇返回了。队长在艇上大声说明了情况，同时告诉领队，登岛计划暂时取消。

十分钟后，船上广播通知全体人员到会议室集中开说明会。探险队长遗憾地说："我们做了所有的努力，但为了安全不得不放弃我们的计划。我们允许登岛的安全条件是风力小，没出发时测的风速是 40 公里/小时，刚刚测出的风速是 100 公里/小时。完全超出安全指数。如果强行登岛，海浪很容易将小艇掀翻，非常危险，后果不堪设想。"

遗憾写满了每个人的脸，又是失望的一天。在南极仅仅 5 天的登陆时间里，没有一天是按预定行程完整实施的。第一天到达南极，天空蓝得清透，阳光暖暖的，这在一年只有二十几天晴好天气的南极，无疑是稀少的。探险队长破天荒地安排一天登陆 4 个点。可是，不巧遇上了大片的海冰，阻挡了我们的航线，并且海冰有逐步扩大冻结的趋势。为了全船人员的安危，船长决定立即改变航向，掉头行驶。第二天到第四天一直是狂风暴雪，计划中很美的景点、极有意义的人文景观都没有去成。如半月岛、海豹岛、沃克湾、科考站、捕鲸站等。虽然也灵活改变了线路，看到了不一样的景致，但总归还是很遗憾的。

我们这群勇敢的探险者，不畏长途跋涉，从亚洲到南美洲，横跨半个地球，穿越骇人的"杀人西风带"，不顾两天的晕船呕吐、不吃不喝，万里迢迢来到南极，都希望遇见美妙的景致，看到企鹅和海豹的生活状态。

探险队长说的一句话让我感慨颇深，"在南极，所有的行程就是没有行程！"无论我们的计划多周密、多详细，在南极瞬息万变的天气面前，均犹如海市蜃楼般缥缈。茫茫大海中，人犹如沧海一粟，实在渺小，只有学会妥协顺从、自我调整，才能生存。大自然往往隐藏着很多意外，也会出现无法预料的变化，但这种不确定性和神秘性，不正是南极探险旅行的魅力所在吗？

说明会结束时，刚才还狂风大作、乌云密布的海面悄然平静了下来，太阳从雪霾中冒出了一轮光线。

遇见海豹

南极旅行，意味着探险、奇遇和惊喜。

这次万里迢迢，来到世界的尽头，我心心念念的就是想见见这里企鹅和海豹，看看它们是否安好。幸运的是，第一天登岛就遇见了萌萌的海豹。

天空湛蓝而清澈，没有一丝白云，阳光倾泻在白茫茫的雪地上，映射出耀眼的光亮。岛上的冰雪很厚，我们顶着大风，来到探险队员们勘测好的地方——有小红旗拦着的冰面上。领队告诫我们，海豹比较凶猛，不要越过红旗，前面就是海豹母亲和它们的孩子。

仔细看去，确实有一只长长的黑灰色"大纺锤"横躺在厚厚的冰面上，似乎在懒懒地晒太阳，不时蠕动一下肥硕的躯体，竖一下鱼尾般的尾巴。旁边的小海豹则乖乖地依偎在母亲身边，头紧紧地靠着母亲的肚皮，一拱一拱的。嘎达小姐说，这是海豹妈妈在喂奶，一般要哺乳到一个月左右，小海豹才能独立。如此温馨的画面，看得我心里暖暖的，实在难以想象它们在大海中是吃企鹅、海狗等动物的凶猛型海豹。

嘎达说，3000万年前，地球上就开始有了海豹，目前全球幸存34种海豹，约3500万只，南极虽只有6种，却占全球海豹数量的90%，约3200万头。它们常常在春夏季来到南极近海的陆上或冰面上，恋爱，生宝宝，培育下一代，秋冬季则带着孩子潜伏于深海，捕食嬉戏。

在我们的航船抵达南极的第四天，停靠在沃克湾火山岛时，我们又很幸运地看见了南象海豹和威德尔海豹。

笔直的海岸线，一眼望不到边际。深蓝的海水拍打着岸边的火山岩，整个海岛荒芜寂寥。沙滩左边聚集的是南象海豹，它们有着大大的、突出的鼻头。右边是威德尔海豹，它们腹部的浅色斑点，大小不一。走近看，两边约有百十只海豹横卧在沙滩上，它们有的在慵懒地晒太阳；有的不停地挪上挪下，亲昵纠缠；还有的堆叠在一起打架嬉闹。有趣的是，这种在海洋里穿梭如剑的哺乳类动物，在陆地上只能像毛毛虫一样蠕动，黑色的火山岩粉灰蹭满全身，仿佛一堆堆岩石，与海滩融为一体。

我忽然看见了一只只白色肚皮的威德尔海豹宝宝，长得非常可爱，正和它们的爸爸妈妈躺在沙滩上睡觉，我对着一只海豹偷拍了几张照片。或许是听见了相机"咔咔"的声音，小海豹扭头望了我一眼，我看它动了一下，又"咔咔"拍了几张。它似乎很好奇，挪动着摆正了身体，抬起了头。哇，终于可以拍到海豹的正面照了。激动的我又连续"咔咔咔咔"地多拍了几张。小海豹开始兴奋起来，仿佛对我产生了浓厚的兴趣，慢慢蠕动身体向我爬了过来。它一边爬一边盯着我，不再是懒洋洋的样子，而是精神抖擞。我欣喜若狂，一边拍着视频，一边对它的行动给予鼓励，"太棒了！宝贝，加油！"

它更加来劲了，肥胖的身体向前一拱一拱的，前鳍如船桨一般划着火山灰，一下滑出了好几米远。这下，小海豹离我只有五六米的距离，我很清楚地看到了它真实的容颜。两只大大的眼睛如两颗圆滚滚的黑色玻璃球，炯炯有神。鼻头突出，两边有猫一样长长的胡须，嘴巴唇线明显且丰满，完全是一副萌翻人的模样。正当它继续往前挪时，一根海藻挡在前面，这又引起了它的好奇。于是，它用嘴巴一拱一拱地，将海藻挪了很远，样子可爱至极。如果不是嘎达小姐催促登船，我会一直陪着它们尽情玩耍。

南极是海豹理想的生存家园。它们在这里无忧无虑，惬意安稳地生活了千万年。可是，在17世纪，它们遭遇了人类的毒手。自从英国库克船长寻海，发现了南极半岛及岛上的海豹，它们的厄运便开始了。人们发现海豹的皮毛、肉和脂肪都具有很高的经济价值，于是大批的海豹狩猎者潮水般涌到南极。他们怀着强烈的发财欲，在南极疯狂捕杀，导致南极大陆周边的海豹数量迅速下降。

好在1972年各国起草并通过了《南极海豹保护公约》，极大地限制了海豹的捕猎数量，这才让海豹在南极能够自由自在地繁衍生活。

布朗断崖看企鹅

　　窗外，海风裹挟着雪花，在空中如银蛇般狂舞，忽地跌落至甲板，随即又被旋入空中，继而抛向了大海。海面上的雪花则没头没脑地栽入大海的怀抱，顷刻被海水融化。远处，皑皑的雪山，早已淹没在了白茫茫的雪雾中。

　　从乌斯怀亚号宽大的舷窗望出去，此刻，南极风起雪舞。室友敏姐悄悄和我说："看来今天早上的登陆计划又要取消了。"我说："可不是，这糟糕的天气。"正遗憾着，广播响了，探险队长通知大家今天上午登陆布朗断崖看企鹅，这大大出乎我们的意料。我的心情虽然激动，可也疑惑，这鬼天气出门安全吗？

　　室外，大船的钢制舷梯上已积了厚厚一层雪。下楼梯时，我紧紧抓住扶手，一步一步地来到船尾，下面登陆靴的消毒槽里，水已结成了冰，踩着冰渣子趟过，我们等待上艇登陆。

　　此时，天空灰暗阴沉，雪花纷纷扬扬。一转眼工夫，立于小艇的两名探险队员的身上、帽子上已是白花花的一片。他们接龙一般将我们搀扶上小艇。我用手套抹去橡皮艇上的一层积雪，哆哆嗦嗦地坐下，顿时，冰冷彻骨的寒气直透心底。坐满了 8 个人后，小艇在漫天风雪中向布朗断崖疾驶而去。

　　风卷着雪粒"啪啪"地敲打着我的全身，肆无忌惮地砸向我的脸，生疼生疼的，后悔没有戴防风镜。冰雪毫不客气地从眼镜缝钻进来，我只好紧闭双眼，忍受着刀割般的刺痛。没想到南极的雪这么硬，简直就是冰刀，完全不像我们南方下的雪，轻盈浪漫，无声无息。好在为了看企鹅，什么都可以忍受。对面80岁的蔡阿姨，干脆用围巾将眼睛、鼻子、耳朵整个包起来，啥也不看，低着头，一动不动。

有2名探险队员已经等在海边，接应我们下船。沙滩上，厚厚的白雪下面是黑色松软的沙子，踩在上面不经意就会塌陷下去，我深一脚浅一脚地来到陆地上。抬头，一座高山伫立在眼前，细看，却是一面陡峭的悬崖，原来，这就是布朗断崖。据说是一座有着一百万年历史的死火山口，海拔高达745米。

雪雾中，悬崖巍峨耸立，黑色的断壁皱褶中，坚硬的白雪镶嵌其间，仿佛一条条白链从天而降，大自然绘就的一幅纯美流畅的水墨画就呈现在眼前。

断崖下，成千上万只企鹅栖息在这里。细看，左边是橘黄嘴的阿德利企鹅，右边是穿着黑色华丽燕尾服的巴布亚企鹅。它们大都俯卧在自己的小窝上，小窝由黑色的火山石堆起，里面有它们未出生的蛋宝宝。每年的11—12月，是企鹅的产卵孵蛋期。还有不少情侣企鹅在相互亲昵着，它们耳鬓厮磨，旁若无人地嘴对嘴亲吻着，看起来那么坚硬的两只嘴巴，相互磨蹭缠绵起来，竟也流露出无比亲密和柔软的感觉。

忽然，一群阿德利企鹅开始排队向海边行进，估计要去海里觅食。它们一个跟着一个，一摇一摆，井然有序。雪落在它们身上，瞬间结成了冰块，它们丝毫不在乎，身子左右一抖，凝成小冰块的雪立刻被甩去，顿时，又神清气爽起来。

　　在狂风暴雪的交织中，这些可爱的南极原住民们，生活得如此快意，自由自在。它们不惧严寒，在人类无法居住的南极、在无限荒凉的极地，年复一年，世世代代地繁衍，这是大自然的神秘和伟大。自然界中仍有很多未知等待我们人类去感知、去探索、去敬畏。

奇妙的海上生活

南极是地球上唯一没有人类居住的冰雪大陆。去南极旅行，吃住都在船上，只有登岛时，才从大船换乘小橡皮艇，来到岛上看企鹅、海豹等动物，参观一些科考站。

当我们万里迢迢来到世界的最南端——阿根廷的乌斯怀亚小镇时，"乌斯怀亚号"极地探险船已然等候在港口。威风凛凛如军舰一样的白色探险船将载着我们从这里起航，穿越近 1000 公里的德雷克海峡，前往南极大陆，开启充满奇幻色彩的十天海上生活。

"乌斯怀亚号"探险船由美国国家海洋局的勘测船改装，内部设施齐全，功能强大，是世界上最先进的加强极地船。这次南极旅行，它肩负着 70 多位勇敢探险者的后勤保障工作。

第一天的迎宾酒会盛大且热烈。香槟、精美的点心随处可取。船长、探险队长、环境学家、生物学家、海洋专家与大家一一相见。科学专家们没有一点老学究的架子，他们的欢迎词幽默风趣，神态表情欢快。在热闹的氛围中，大家举杯共同祝愿南极探险之旅一帆风顺，收获满满。

接着，探险队长召开了全体安全会议，讲解安全措施。因为海上航行，存在着风险。特别是穿越魔鬼德雷克海峡时，大西洋强劲的西风环流，使得海面风大浪高，船只必然要经历强烈的颠簸和不可预知的危险。

住宿较为宽敞，有单人、双人、三人间，也有豪华套间。我所在的 B 舱，有窗，有独立卫浴，标间样式，床铺干净又整洁。特别的是到处都有扶手。床边、卫生间、淋浴房、船舱过道、餐厅、多功能厅等，扶手无处不在。当船体摇晃时，可以立马攀附站稳，不至于跌倒。事实证明，在穿越狂风巨浪的海峡时，有好几个人没有注意，或手或腿，都有不同程度的创伤。

南极半岛上，没有地方可以下船休息，所以，探险队长和船长每天会根据航线、风速、雨雪等情况决定登岛时机。如果登陆地点是大风、冰雪天气或有海冰，会临时取消登岛。不登岛时，我们会一直在海上航行。

我们第一天到达时，天蓝得出奇，海面十分平静。我们换乘小艇，在大片白色的冰川、蓝色的冰山间穿梭。继而来到岛上，与漂亮可爱的企鹅合影，非常庆幸这么快就能欣赏到绝美的风景。晚间，导游公布第二天行程，登陆两次，到四个地方，看企鹅、海豹，参观南极考察站。结果，海冰的出现，让我们在船上学习了一天的课件。

一切都是最好的安排。宽大的会议室里，生物学家和海洋专家们讲的课图文并茂，浅显易懂。我们了解了南极大陆的形成过程、企鹅的种类、海狗海豹海豚的区分、鲸鱼的分类和习性、海冰的产生等，真是大开眼界。

船上的饮食极为丰富。早餐是自助型：有现烤的吐司、牛角面包，各种果酱、芝士，以及牛奶、坚果、鸡蛋、烤肉、火腿肠、水果等。还有特意为中国胃煮的稀饭，贴心温暖。中餐、晚餐十分精致：有前菜、主餐、餐后水果或甜点。感觉吃的不是饭，而是艺术品，无论是摆盘，还是花色，搭配都是那么赏心悦目，能体会到厨师的用心。最好吃的是酱牛肉、鱿鱼圈、冰淇凌，还有餐前的开胃汤。

在剧烈晃动的船上，走路都困难，但餐厅侍应生却可以如履平地。他们一边高举摆起的餐具，一边倾斜着身体送餐，看起来东倒西歪，其实异常稳健。他们俏皮的手势、幽默的表情、夹生的中国话，常常逗得我们开怀大笑。

每天的下午茶时光尤为惬意。厨师现做的苹果派、山楂糕等点心，精致养眼。当一边喝着热乎乎的咖啡或茶，吃着点心，一边欣赏着宽大舷窗外的雪山、冰川，还有不断跳出海面的企鹅时，那味道简直无与伦比。

顶楼开阔的甲板上，固定着钢制座椅和桌子，便于观景。在到达南极的第一天傍晚，火烧云铺满了天边，绚烂瑰丽，燃烧在大海的尽头。我立于船头，伸展着双臂，希望风能带着我，飘向那梦幻般的天际。

日出的光影更是流光溢彩。当一轮红色的光亮跃出海平面时，橘色天幕立刻换上了橙黄的锦缎，天边奢华一片。顷刻间，太阳跳出了云层，瞬间，天空金光璀璨，耀眼夺目。南极日出，是我看过的最华丽的色彩。

辽阔的汪洋，翻腾的海浪，南极极昼的天气，都让我兴奋激动，无法安然入眠。常常于凌晨时，一人来到空旷的甲板看景。茫茫大海上，浪起云涌，我们的船如一片孤独的树叶，上下起伏。强劲的海风吹拂着海浪，一下一下拍打着船舷。抬头，一轮明月高高挂在天边，又圆又亮，清辉将天空映射得无比通透纯蓝，片片云朵洁白如玉。

倚靠着船舷，我聆听着海风的呼啸、大海的沉吟，望着皎洁的明月，无垠的天边，心中涌起一种深深的孤独和苍凉感。曾经脚踏坚实的土地、安稳于钢筋混凝土中的安全感早已不复存在。那些繁华的街市、热闹的聚会、不如意的抱怨、痛苦的记忆等，在旷远的南极，早已微不足道。想来，每一个灵魂都是孤独的，唯有不再囿囚，才能打开格局。我沉浸在这样的寂寥中，内心宁静而安逸。随着航船的乘风破浪，我的心也在辽阔无垠的海上打开、延展，洒脱自在，纵情驰骋。

维度二
灵魂的行走

藏行印记

洁白的哈达，

神圣的布达拉，

五彩的经幡，

醇香的酥油茶，

最美雪山南迦巴瓦，

牦牛、羊群、格桑花，

放飞在辽阔的雪域高原，

心中绽放着圣洁的雪莲花！

一直憧憬着这辈子一定要去一趟西藏，那里有世界上最高的山峰、最深的峡谷，有最令人炫目的圣湖，有神圣的宫殿、虔诚的朝圣者……那里是离天堂最近的地方，是洗涤心灵的地方，是可以纵情歌唱追逐梦想的地方。每看一次那蓝天白云、雪山草地、梦幻一样纯净唯美的图片，就触动一次心底的愿望。关注了很久，聚集了太多的念想后，今年夏天，终于随着心的向往，踏上了这片神圣的土地。

不朽的布达拉

来到拉萨，就来到了布达拉。布达拉宫是藏王松赞干布给远嫁西藏的唐朝文成公主的礼物，建造在海拔 3700 多米的红山上，远看宫墙红白相间，层层叠叠，错落有致；宫顶金碧辉煌，气势雄伟，与整个山体完美而协调地融为一体。

无比虔诚地登上山顶，站在拉萨的最高处极目远眺，只见拉萨城被远处巍峨的群山环抱着，阳光毫不吝啬地照射着整座城池，安逸而祥和，一幅清静绝尘的画面。宫殿内，满眼极致的奢华让我惊叹：绘画、雕刻等装饰艺术无不精美，尤其是大殿内的壁画是布达拉宫内一道别致的风景，有西藏佛教发展历史、五世达赖的生平、文成公主进藏过程，还有众多历史人物、宗教神话、佛经故事等。那最富有藏族特征的唐卡，是用各种珍贵且经久不褪色的颜料，画在绢、布或纸上的一种卷轴画，是能工巧匠运用自己的技术和智慧一笔一笔地画出来的。仔细观看后，会发现，佛像的眉毛、头发都丝丝可见，惟妙惟肖。我不禁感叹于他们超乎极致的精细与无比恭敬的虔诚心。

布达拉宫的雕塑艺术也很精美，数量最多的就是大大小小的佛像金刚身和人们心中向往的天堂的形象，以及各式珍贵物品，是用大量的黄金、珠宝、玉器等材料打造的。看得我瞠目结舌，叹为观止，遗憾的是不能拍片。

不朽的天路

正因为西藏的特殊地理环境，藏区人民生活艰苦，所以国家为促进西部经济的发展修建了青藏铁路。当看着一列像龙一样飞驰在苍茫高原上的火车，听导游述说着这一世界奇迹的时候，内心充满了无限崇敬和感慨。毕竟在青藏高原每走一步路都要大喘气，在这样连生存都困难的高寒缺氧的环境下，要开凿隧道，要河谷架桥，要在上千公里的冰雪冻土上支撑铁轨是多么困难。据说 20 世纪 50 年代修建青藏公路时，每 1 公里就有 3 名解放军牺牲，这铁路怎么去修建？就连瑞士最优秀的隧道工程师都得出结论：穿越昆仑山脉的岩石和坚冰根本不可能。

但奇迹还是发生了：我们的列车驶过了可可西里生命禁区的戈壁，翻越了最高处海拔 5072 米的雪山，穿越了最长高原冻土昆仑山隧道，跨越了世界最长的高原冻土桥……创造了 9 项世界第一。这是人类铁路建设史上前所未有的壮举。"乘白云抚蓝天搏击雪域缚苍龙，踏清风邀明月洞穿世界最高隧"，正是有了建设者们这样的豪情壮志，才可以在世界屋脊上写下如此不朽的诗篇。

不朽的爱情

西藏的可可西里地区属高寒气候，自然环境险恶，为中国最大的无人区之一，但却是我国藏羚羊、野牦牛等高原特有的珍稀野生动物自然保护区。为了科学研究，这里设立了生态监测保护站。

大学生瑛和勇儿这对情侣怀揣着对自然的热爱与梦想，一同报名当了志愿者，来到了这雪域高原中的茫茫戈壁。

他们在异常艰苦的环境里工作着、相爱着、鼓励着，相信爱情的力量可以战胜一切困难。勇儿所在的沱沱河监测站条件艰苦，零下 40 摄氏度的高寒和缺氧挑战了人的极限，但每次到不冻泉监测站汇总检测数据，能和心爱的人见上一面，是他最开心的事。他总给瑛说很多有趣的事，从不说苦叫累。瑛却很担心，为了不让他有思想负担，就把所有的思念都写在信中，连同准备的生活用品一同给勇儿带回去。两个恋人就这样默然相爱，遥遥相思，苦苦守候着他们真挚的爱情。

眼看着快要到汇总检测数据的时间了，这也是最后一次，之后就可以交给下一批志愿者，他们就算圆满完成了任务，可以一同回家了。但是瑛却没等来勇儿，他牺牲在了收集资料的路上。

"我在苦苦等待，雪山之巅温暖的春天，等待高原，冰雪融化之后归来的孤雁，爱难以续前缘，回不到我们的从前。"这首《西海情歌》据说是刀郎被瑛和勇儿的凄美爱情感动，量身谱写的真实而悲怆的高原情歌。"你记得答应过我，不会让我把你找不见，可你跟随那南归的候鸟飞得那么远，爱像风筝断了线，拉不住你许下的诺言。"

车子驰骋在通天大道上，窗外是一望无际的茫茫高原，远处的雪山流泻着峻冷的寒光，它们横亘连绵，默然伫立。耳机里的这首《西海情歌》一直在单曲循环，在降央卓玛无比深情的呼唤下，此时的我早已是泪流满面。如此感人至深的爱情故事、打动心灵的悲情歌曲，已深深触动了我的灵魂，欲罢不能。

不朽的信念

这一路上撼动我的，还有那些穿着鲜艳骑行服、驮着装备、来自各地的骑行者。他们意气风发，劲头十足，或放坡急弯，或潇洒飞驰，着实惊艳。

当我们的车刚驶下海拔 5013 米的米拉山口时，在限速等车的间隙，我发现了路边歇息的 4 位骑行者，并无比羡慕地和他们交谈了起来。他们是三位男大学生、一位女体育教师，趁放暑假的时间，从成都出发，沿川藏线，骑行到拉萨，已经骑了 22 天，今天准备翻越米拉山口。按照预定时间，一个月由成都到达拉萨，还准备去珠峰大本营看一下。

他们说这虽是一条最美的进藏线路，但是全长 2000 多公里，要翻过海拔 5000 米以上山峰 2 座、4000 米以上的 12 座，经常在悬崖绝壁上行驶。要经过汹涌湍急的大渡河、金沙江、澜沧江，那急拐急降，人不小心就会摔倒。甚至还经常遇到突发的雨雪天气，躲都没处躲。所以，这一路上遇到的困难，不仅仅是高原反应的问题，更是对骑行者体力和毅力上的非同一般的考验。

是怎样的一种信念支撑着他们呢？回答我的是"挑战自我，

苦修历练"。看来，人一旦坚定了信念，有了追求的目标，那么任何困难都可以战胜，无论怎样的境地都能适应。

不朽的灵魂

进藏之前，西藏梦境般的美景一直是我所向往的。而去了之后，我不仅感受到了什么是"眼睛上天堂"，也着实让我体验了一下什么是"身体下地狱，心灵受震撼，灵魂归故里"。

我朝觐了美丽神奇的圣湖纳木错，欣赏了最具神秘色彩的雅鲁藏布江大峡谷，也有幸一睹了中国最美雪山南迦巴瓦，体验了有"西藏江南"之称的林芝南伊沟。雪山草原、湖泊河流、瀑布森林，造就了自然环境的奇幻独特，让我目不暇接。

同时西藏也奖励了我头重脚轻、心慌气短、嘴唇乌紫、指甲发绀，开始的几天是整晚地不让我睡觉。在翻越 5019 米的山口和跑老远才看见纳木错圣湖美景时，本应兴奋激动的时候，我却找到了心痛的感觉。

但湛蓝的天空、雪白的云朵、迎风舞动的五彩经幡、随处可见的玛尼堆，无不给人以力量，让人豁达而感恩，让人不得不沉醉在这干净纯美而神圣的意境当中。

大自然赐予这里的绝美风景让我震撼，让我不虚此行，更让我刻骨的还有这里或伟大或平凡的人和事，他们已沉淀在我心中，永远铭记着。宫崎骏说："人只有在旅行时，才能听到自己的声音，它会告诉你，这个世界比想象中要宽阔。"在这个世界上，你会有各种遇见，遇见纯净的蓝天白云，遇见奇幻的神山圣湖，遇见该遇见的人和事，会为他们感动，更会不断地审视自己，寻觅与自然、与他人、与自己的内心和谐相处之道，不断完善、更新，直至遇见一个完全信赖的自己。

橘子洲头忆往昔

　　国庆放假期间，就在家安静地看看书、读读诗。当我读到毛泽东的《沁园春·长沙》这首词时，不由得心生感慨。这首充满豪情的词，是青年时代的毛泽东，站在长沙橘子洲头，慷慨激昂，直抒胸臆而作，洋溢着心忧天下、书剑在胸的激情。

　　想当年，中国正处在军阀统治下，毛泽东为国危民难而担忧。想到如今中国国富民强，人民安居乐业，改革开放四十年的变化更是无与伦比，内心激发起了满满的自豪感和无以言表的感激之情。头脑中也不由自主地浮现出今年夏天，应友人之邀去湖南，前往橘子洲头一睹伟人风采的情形。

　　那是我第一次来到长沙，橘子洲头是心中所向往的地方。来到憧憬之地，不仅仅为了欣赏优美的风景，更是为循着一代伟人的足迹，穿越历史的长廊，从冰山一角去感受青年时代的毛泽东，如何在民族危难的时候，用激扬的文字将心中的理想喷发，用敢于担当的勇气拯救破碎的山河。

　　橘子洲是浮卧在湘江中的一个长长的小岛，犹如一艘大型航母舰，威风凛凛地坚守在浩瀚的湘江中。东岸是高楼耸立的长沙市，西岸是林木葱翠的岳麓山。小岛四面环水，岛上种植了很多橘树，微风中婆娑摇曳，多姿多情。沿着江边栈道往洲头步行，只见江水徐徐东流，泛着微波，和煦的清风携着水气，扑面而来，让人倍觉舒爽怡人。

一步一景来到橘子洲头，天空有些灰暗，飘起了细雨，洒落在脸上身上，有了丝丝凉意。环顾四周，一座横跨橘子洲的巨型毛泽东雕像映入了我的眼帘。青年时代的毛泽东风华正茂、气宇轩昂，他眺望着远方，俊朗的脸颊上目光坚毅，飘逸的头发透着潇洒浪漫的气息，一副深邃豁达的神情。

当年，18岁的毛泽东离开家乡韶山冲，来到长沙求学。在湖南一师读书时，他经常携好友畅游湘江，就在橘子洲头，面对滚滚东去的湘江水，抱着对国家命运的感慨，写下了《沁园春·长沙》这首词。词中有一句，"漫江碧透，百舸争流，鹰击长空，鱼翔浅底，万类霜天竞自由"，表面看是描绘了一幅壮美的湘江之景，其实他是运用这样磅礴的词句来抒发内心涌动的激情。

毛泽东的青年时代和早期的革命生涯都是在长沙度过的，14个年头中，在湘湖文化的滋养熏陶下，培养了"敢为天下先"的大无畏精神。大学毕业前夕，他就和蔡和森等人组织革命团体——新民学会。"五四"前后，又接受马克思主义熏陶，在湖南创立了共产主义组织。1925年孙中山逝世，国家飘摇不定，强烈的使命感使得青年毛泽东由衷地发出了一句撼天动地的天问："问苍茫大地，谁主沉浮？"正是有着以天下为己任、救世救民的信念，他才会抒发出如此的壮志豪情。

"忆往昔峥嵘岁月稠。"看着平静的湘江之水东流而去，心中不由得慨叹：一代伟人，带领一个民族走向崛起，才有了我们今天安定和幸福的生活。往事悠悠，生在和平年代的我们，是幸运的，但我们依然会牢记历史，不忘初心。

有一种精神，无论世界如何风云变幻，依然历久弥新，如灯塔般引领着我们前行。有一种怀念，即使穿越历史的长河，人们也不会忘却，始终铭记在心。

天河山， 永恒的爱情山

如果说天河山是太行山脉的一颗璀璨明珠，是千里太行最灵动最秀丽的地方，那么流传在这里的千古神话——牛郎织女鹊桥相会的爱情故事，则赋予了它神秘的色彩。奇妙的自然景观，加上由美丽传说而孕育的丰富的文化内涵，足以让天河山配得上"爱情山"的美誉。

天河山位于河北邢台，处于太行山东麓、古黄河西岸。山间奇峰林立，峡谷幽峻，飞瀑流泉。据说，当年天上的七仙女就是看中这块清幽之地，经常下凡来这里沐浴嬉戏。而天神老牛为感恩牛郎，也帮他在此与织女相遇、相爱。虽然王母用金簪划出天河，但深爱之人总会感天动地，善良的喜鹊搭起了鹊桥，得以让二人七夕相见。

经典的神话传说，一定是蕴含了超然于文字的一种文化，承载着人们美好的愿望和信仰，才能长久根植于人类的灵魂。

拾级而上，山间满眼葱绿，空气清凉湿润。鲜湛湛的花草、浓密的青苔，年复一年兀自生长在轮回的时光里。飞流的瀑布，或澎湃或细腻，在崖壁上、狭缝间倾泻而下，义无反顾。溪水潺潺，涓流不断，轻触，冰凉且洁净。这仙女沐浴之水，定是涤尽了凡俗的尘埃，让我的心灵瞬间被洗涤净化。

越往上，山势越发陡峭，攀着钢索，艰难地在逼仄的狭缝中钻行，拐过嶙峋的怪石后，眼前豁然敞亮。有一宽阔的湖面，开满了艳丽妩媚的莲，超凡脱俗的它们，犹如水中精灵。

沿着崎岖的峡谷而上，来到牛郎庄。静静聆听，似乎能听到牛郎上山砍柴、老牛踢踏的脚步声；穿过滴泪崖，又似乎能听到织女梭机"哗啦哗啦"的织布声，同时伴随着"滴答滴答"泪流的声音；越过红河谷，溪水中的鹅卵石历经千年的冲刷，现出斑斑红痕，那是织女流下的血泪。情人谷、相思泉里，水流顺山势蜿蜒而行，山水相依，刚柔相济，宛若牛郎织女缠绵缱绻、恩爱甜蜜的样子。

山中那些奇异的地质构造，巧合到让人不可思议。仙女沐浴的七个锅穴澡池、划出银河的王母簪、牛郎织女遥遥相望的仙人山等，无不栩栩如生，犹如神来之笔。种种迹象表明，自然界的鬼斧神工，完全契合着人类的想象。联合国教科文组织专家杨天才先生观天河山说："此景只应天上有，不知何故落邢台。"因而天河山被称为"中国七夕文化之乡"。

远远观望，对面两座山岩铸就的牛郎织女神像，惟妙惟肖。他们不知穿越了时空多少年，依旧相互守望。纵有万丈深渊横亘眼前，也阻挡不住他们爱的期盼。就像生命的坚守一样，是一种执着和信仰。这是自然赐予的、由传说而演化成的奇观。

来到山顶登上鹊桥，九霄云天之上，一桥飞架空中，桥的这头是牛郎，桥的那头是织女。千万只喜鹊幻化的这座桥，是一座爱之桥、心灵之桥。站在桥上，爱意溢满我的心，不尽的思念、漫长的等待，终将不负痴情。女诗人狄金森说："等待一万年不长，如果最后有爱作为补偿。"作家沈从文也说过："我知道你会来，所以我等。"

　　牛郎织女上千年的等待，也让我们心碎了上千年。故事似乎离我们很远，又似乎近在眼前。大千世界，凡尘俗世中，无数真诚相爱的人，即使身处海角天涯，心也近如咫尺；即使远隔千山万水，情也不离不弃。在生命的轮回里，永远充满着真情与爱，充满着希望和生生不息的信念。爱情是人类永恒的情感，也是宇宙间最神秘的力量。

　　回望山顶，天河山云海涌动，漫若流云的思念，浓浓的，萦绕在山间，久久不愿褪去……

低首拜芳尘

牡丹花以其雍容华贵、仪态万千，被誉为"花中之王"，在古代深得帝王将相们的宠爱。其栽培始于隋，鼎盛于唐，在宋时甲天下。欧阳修曾在《洛阳牡丹记》中赋诗曰："洛阳地脉花最宜，牡丹尤为天下奇。"

洛阳不仅有适合牡丹生长的肥沃土地和适宜的气候，更有十三朝古都、六朝陪都、100多位皇帝君临天下的帝王之气，当然还有文人骚客题诗作画的赞美，因此集天时、地利、人和于一体的洛阳城便有了脍炙人口的"唯有牡丹真国色，花开时节动京城"的恢宏场面。每年4月，洛阳都要举办大型牡丹花会节，数以十万计的中外游客都会竞相前来观赏。唐代诗人白居易"花开化洛二十日，一城之人皆若狂"更是将人们观赏牡丹的盛况描写得淋漓尽致。

4月中旬的周末，牡丹花盛开之时，不能免俗的我和我的小伙伴们，开车自驾洛阳，也为这"百花低首拜芳尘"的洛阳牡丹痴狂了一下。

王城公园是洛阳最早种植牡丹且最具园林特色的牡丹园，上万株牡丹，竞相开放，满眼的姹紫嫣红，花团锦簇，实为壮观。

　　记得小的时候，父亲爱花，家中也曾种过牡丹和芍药。印象中的牡丹，花径如碗口般大小已是美丽至极。没想到，乍见到洛阳牡丹，让我惊艳了，似乎没有见过一种花，开得如牡丹这般大气，美轮美奂。花的直径 10～30 厘米，大的比脸盘还大，且花瓣似有千余，实坨坨、沉甸甸，需要用两只手方可以托捧。那些单瓣花和复瓣花，也是超凡脱俗，酷似美女的裙裾，风过，轻盈舞动，摇曳生姿。

　　牡丹花的品种、花型、颜色也可谓千变万化，层出不穷。据了解，目前自然和人工栽培的牡丹达千余种，有葵花型、荷花型、玫瑰花型、半球型、皇冠型、绣球型等。颜色更是丰富多彩，最绿的"豆绿"，花瓣颜色近似叶绿；最黑的"冠世黑玉"，颜色深紫发黑；最红的"火炼金丹"，如国旗红般鲜亮；最蓝的"蓝田玉"，粉里透蓝；奇妙的是夹色牡丹"二乔"，一朵花上有红白两种相间的色彩，让人惊叹。即使是一种颜色的牡丹，花瓣也会有奇妙的变化，红的似火，也如丹，仿若玛瑙般晶莹；白的似雪，也如玉，犹如白银般熠熠生辉……更有那金灿灿的"姚黄"、亮晶晶的"魏紫"，被赞誉为牡丹的"王"和"后"。我最欣赏那粉中淡紫的"魏紫"，指尖轻触中，花瓣如丝般柔滑，水嫩娇艳，楚楚动人。托于掌心，低头轻闻，阵阵清香扑鼻而来，让人沉醉其间。

　　漫步在花的海洋中，体会着牡丹的园艺之美，感受着世外桃源般的奇景，不禁让我想起了美国著名的插画家塔萨奶奶的秘密的花园。她住在自己营造的农庄里，那里四季开满了各种鲜花，她制作手工、画画，与小动物们做伴，把每一个平凡的日子都过得如童话般浪漫。满脸皱纹如菊、双手青筋如虬的她，扎着俏丽的小花巾，穿着素色布裙，泛舟清溪，吟诗作画。下过雪后，她喜欢去寻觅动物的足迹，她把鼹鼠的足迹比喻成"一串项链"，把小鸟的足迹比喻成"蕾丝花纹"。92岁依然有着少女般心境的塔萨奶奶开启了我心中深藏的梦想，她犹如一朵盛开的牡丹，从容优雅，怀着如花的心情，守着如花的生命，全然地和大自然在一起。

　　是的，大自然就是一个美丽的花园。我们常常会为沿途遇见的一朵花而欣喜，为田间的一畦菜而驻足，为山上刚出土的竹笋而雀跃，为这满目的春色而陶醉。这些遇见无不给人以鲜活、灵动和情趣。我希望可以如塔萨奶奶一样，保留和坚持一辈子的纯真与简单，将平凡的生活过出诗意和美妙，让心中的牡丹花绽放出醉人的芬芳。

不醉花前为谁醉

"天下真花独牡丹。"宋代文学家欧阳修毫不吝啬地认为，万花丛中，只有牡丹高贵华美、仪态万千，其他花都无法与之媲美。诗人已把牡丹放到了冠绝天下的地位。

也并非欧阳修对牡丹有偏爱之心，唐朝诗人刘禹锡也说"唯有牡丹真国色，花开时节动京城"。正由于牡丹的倾国倾城，不仅王公贵族们喜爱，连老百姓也趋之若鹜。

去年，为一睹牡丹的雍容华贵，国色天香，我和几位好友专程开车6个多小时，去了一趟洛阳，为这"百花低首拜芳尘"的洛阳牡丹任性了一把。

仍不过瘾，在今年最美人间四月天的时节，我们又驱车3个多小时，来到盐城，领略了牡丹的又一独特品种——藏在深宫人未识的"枯枝牡丹"的韵味。

枯枝牡丹园坐落在便仓这个千年小镇中。走进牡丹园，阵阵清新润泽的空气，伴着缕缕淡雅的馨香，扑入心怀。路两边高大挺拔的松树和修剪整齐的冬青，延伸出一段悠长的景深。往里走，左边，几大株木本绣球和琼花正竭力地绽放着，满树雪白的花球如云一般，纯美洁白。右边，分片种植了各种低矮灌木的牡丹，有赵粉、洛阳红、鹅黄等，花型优美，颜色绚丽、清雅。徜徉其间，花香幽幽，醉人心扉。

深入园内，几个古色古香的亭台楼阁点缀其间，山水相依，绿树掩映，造型精致小巧，颇具苏州园林的风格。往右边，里面竟然还有一个园中园，让人意外又惊喜。不大的园子里种植了十几棵牡丹，棵棵昂首屹立，对比外面低矮的品种，这里的牡丹高大繁茂，枝干遒劲，叶葱绿，枝干枯，一朵一朵花大而艳丽，紫红的花瓣亮泽、明艳，像绢一般丝滑，中间的黄色花蕊，根根直立，簇拥着花心。树木的底部，挂着一个牌子，上面写着：紫袍牡丹，树龄达 738 年。旁边一株是白色的赵粉。这两株是年限最长的，另外 10 株，均也已达 600 多年。

为什么这里的牡丹，枯枝如干柴一般，反而花开更艳呢？据介绍，相传武则天登基后的一年冬天，带着宫女到上苑饮酒赏雪。这时，满园的树木覆雪后，宛如琼枝玉树，又似梨花盛开，武则天十分高兴。突然，她发现身边的白雪中有点点火红，仔细一看是盛开的红梅。随即兴起，借着几分醉意，下旨要求百花斗雪竞放，可唯独牡丹仙子不从。

武则天大怒，下令将牡丹花全部焚烧，一株不留，还连根铲除，流放到洛阳贫瘠的邙山上。谁知枯枝入土，又焕发新绿。一到谷雨，株株怒放。人们争相种植，并称赞其在烈火中骨焦心刚，誉其为"焦骨牡丹"。

便仓的枯枝牡丹就是由其主人卞济之任陕西参知政事时所种植。因朝廷昏庸，卞济之遂归隐姑苏枫桥，移栽了一红一白两株牡丹回来，红色表明对朝廷的赤胆忠心，白色以示洁身自好。后来为避迫害，又迁居古镇便仓隐居。其孙卞元亨被朱元璋看中，命他为朝廷征战，他不从，随后，被遣送辽东充军，而此时的枯枝牡丹竟然含蕊不绽放，待元亨十年他被释放后，才重又焕发异彩。可见枯枝牡丹实为灵性之物。

枯枝牡丹的铿锵铁骨和不屈不挠的坚毅品性被世人所称颂。

花开惊人的背后，是其不畏天寒地冻、不惧周边恶劣的环境，厚积薄发，悄然喷发其绝美的姿态。园中的主人，正是以花明志，疏淡官场名利，却又深明人生之真谛。

　　古往今来，但凡有过人才智又不甘于随波逐流之士，无不明白权势富贵转瞬即逝，不如觅得一清静之所淡泊心境。留给后人的，不是权贵们的金银财宝，而是作为人类文化遗产上的一颗颗明珠，如周庄的沈厅、同里的退思园、便仓的牡丹园等。这些经典的古典园林，经过历史的洗礼，越发显得璀璨夺目。

荣国府里忆"奇缘"

"一个是阆苑仙葩，一个是美玉无瑕。若说没奇缘，今生偏又遇着他；若说有奇缘，如何心事终虚化？"一踏进荣国府的大门，《红楼梦》主题曲《枉凝眉》的歌声便袅袅地飘入耳中，如泣如诉、荡气回肠，宝黛缠绵缱绻的爱情故事，悠悠浮现在脑海。"花谢花飞花满天，红消香断有谁怜"，一首相思曲，让我情悲戚，心相怜。

荣国府坐落于河北正定"红楼影视基地"中。移步这座深宅大院，深褐色的飞檐翘角，明亮的雕梁画栋，细刻的窗棂隔扇，处处流溢着威严奢华之气。循着间间房舍，那些明清式旧物家具，无不透露出主人或骄横跋扈或幽怨哀怜的气息。拱门廊架间，宝黛两小无猜、嬉笑打闹、吟诗作赋的场景似乎就在眼前。向南大厅里，"元妃省亲"的蜡像情景再现，让我恍若置身《红楼梦》的剧情中，目睹荣国府宏大的场面。

87 版《红楼梦》我看了三遍，至今意犹未尽。它的馨香已浸透了人们的内心。如果说《红楼梦》是世界文学宝库中一流的珍品，那么 87 版《红楼梦》就是中国电视剧中的经典。无论后来有多少次翻拍、投资有多么巨大、设备手段多么先进、演员又是怎样的大腕，也始终无法超越这部 30 多年前的作品。

这让我想起了几年前在我的家乡茅山，与《红楼梦》导演王扶林的一次奇缘，聆听了他老人家当年导演拍摄《红楼梦》时的一些感人情景。

那年，适逢王导回镇江老家，来到"道家第八洞天"的茅山时，我有幸接待了他。五月的茅山苍翠挺拔，清晨的蒙蒙细雨中，雾气缥缈，宛如仙境。84岁的王导，穿着黑白竖条纹短袖T恤，看起来尤为精神。他眼神明亮，笑容可掬。"三天门"上，他冒雨和我们一一合影，一点也不介意雨水打湿了衣衫。风雨中，他的微笑宛若阳光，温暖着每个人的心。

茅山顶宫的茶室里，儒雅的王导娓娓地叙说着："那还是去英国BBC考察时，我发现有许多莎士比亚、托尔斯泰等的文学作品被改编成了影视剧，当时就萌发了要将中国古典名著改编的冲动。"

王导颇为健谈，在我眼里，他没有耄耋老者的垂暮之气，反倒有一股睿智老人豁达开朗和让人称奇的活力。

王导说他当时导演《红楼梦》时，有敬畏心，细读精读一年原著后才开始制作。同时力邀了强大的专家团队把关，在编剧、民俗、服饰、建筑、音乐等方面给予了专业性的指导。《红楼梦》中所有的演员也都是从各地遴选的，为剧中人物量身打造、培训、倾力出演。可以说，与《红楼梦》拍摄相关的每一个人都付出了很多很多，有的甚至是一生。说到这里，王导的声音有些哽咽。虽然这么多年过去了，一说起《红楼梦》来，老人家仍是满满的深情和感动。

87版的《红楼梦》在我们看来已是经典，但王导说："其实并不完美，有一个梗一直萦绕在心头。因为当时考虑拍摄技术有限，删除了关于宝玉和黛玉的前世姻缘，也就是神瑛侍者与绛珠仙子的三生二世情，使得这部经典有了一些瑕疵。而且对原著的理解，如今看来，也是不到位的。"

　　王导一脸遗憾的表情，在我看来是那么可亲可敬，我觉得用"谦谦君子，温润如玉，如切如磋，如琢如磨"来表达我的敬佩之情一点不为过。

　　世间所有的付出都是有回报的。即使一草一木，在给予了充分的阳光雨露，付出慈悲关爱的同时，自然也定会给予神奇的造化和上苍赋予的使命。王导无愧于"中国第一代电视艺术家"的称号。

　　也许是红楼情缘让我们交谈甚欢。最后，满心欢喜的王导提笔，赠予我一幅字，上书"奇缘"。是的，万事万物皆有奇缘。

冰雪之旅

对于南方人来说，不论大人还是孩子，一到冬天，总会期待下雪。当看到漫天飞舞的雪花，大地银装素裹的时候，认为这就是冬天该有的模样。很多时候，雪不再属于自然，而属于人心。

记得小时候，有一年下了一场罕见的大雪，厚度到大人的膝盖以上。万籁俱寂的早晨，爸爸带着我，在家门口推雪球、立雪人，用煤球做眼睛，用胡萝卜做鼻子。雪人的头上顶着铅桶，身上插着扫把。那时雀跃快乐的神情，至今仍清晰地印在脑海中。

今年刚入冬，黑龙江皑皑的大雪令我心动了。何不去体会一下北方千里冰封、万里雪飘的风光，重温一下儿时欢快的场景？于是一场说走就走、一个人的冰雪之旅开启了。

一出机场，零下 20 摄氏度的哈尔滨，一件羽绒服足矣，感觉并没有江南 0 摄氏度左右寒冷，江南的冷是透进骨子里的湿冷。傍晚，大街上，城市的霓虹闪烁耀眼，风席卷着地面的雪花，在空中飞舞盘旋。明亮的街灯下，雪粒仿佛一个个精灵，游走在大街小巷。北方的雪如粉一样，是没有粘连的。

市中心，白雪包裹下的圣·索菲亚教堂，华丽壮美，洋葱头的穹顶透着浓浓的异国情调。旁边的百年老街——中央大街，灯火辉煌，物品应有尽有，好多异域的工艺品制作考究，精致唯美。独具特色的各式建筑在夜晚璀璨的光芒和冰雪的映衬下，熠熠生辉，给哈尔滨这座冰冷的城市增添了许多柔美的气质。

第二天，来到著名的亚布力滑雪场。这里群山环抱，林密雪厚，雪道不计其数。人们穿着鲜艳的滑雪服，如燕子般飞舞在赛道上。这让从未滑过雪的我，眼馋心动，跃跃欲试。好在有教练的指导，通过两小时的滑雪训练，基本掌握了动作。当天空飘扬着雪花，耳畔响着呼呼的风声，整个人顺着山脊滑下时，我体验到了从未感受过的新奇和刺激，心情也如雪花般轻舞飞扬。

哈尔滨最美的雪乡藏于深山之中，距哈尔滨300多公里。这里一年中有半年的时间都在飘雪，积雪可达2米多深。傍晚，我走进极富特色的梦幻家园景区，如同来到一户户农家。屋顶、栅栏、栈桥上堆积的白雪，如同雪蘑菇、雪馒头；地面也宛如朵朵白云覆盖其间，雪随物型，惟妙惟肖。当家家户户的大红灯笼点亮时，火红的光芒映射在白雪上，泛着金色的光彩。我恍若来到了安徒生的童话世界，迷醉在如梦似幻的情境中，流连不知归。

清晨，早早起床，准备拍雪乡的日出。出门时发现，天刚蒙蒙亮，鱼肚白的光照在厚厚的白雪上，反射出一片蓝紫色的光芒，天地仿佛融为了一体。旋风吹着脚下的白雪，好似浪花般飞扬开来，一波波推向了远处。雪韵大街上了无行人，两旁小木屋的门檐下，串串玉米、辣椒挂满了房前屋后，炊烟袅袅升起。浓郁的东北乡土气息让我心生暖意，不觉得寒冷，反倒在雪花的沐浴中感受到了一种祥和的喜气。

来到雪乡，如果不感受一下林海雪原的风姿，仿佛缺了点什么。乘坐雪地摩托是个不错的选择。骑摩托的小哥帅气英武，浑身有种征服茫茫雪山舍我其谁的霸气。

当我跨上坐骑，在摩托小哥身后牢牢抱紧时，发动机开始怒吼，轰鸣声响彻山林。刹那间，摩托车如离弦的箭一般冲了出去，上下翻飞，如游龙般驰骋在雪地密林中。耳边，风在呼啸。

眼前，白桦林飞速闪过。此刻，急剧上升的肾上腺素，让人豪气顿生，我瞬间感觉浑身充满了巨大的能量。心，没有畏惧。

　　接着，徒步一个多小时，来到了密林深处。这里仿若白雪公主的纯净家园，银装素裹，万籁俱寂。耳边只有脚踩在积雪上发出的"咯吱咯吱"的美妙乐曲。我情不自禁地捧起地面的雪洒向了天空，然后调皮地打落了树上厚厚的白雪，并欣然躺倒在半人深的雪中，我的鞋子里、裤腿里全积满了雪。我已忘却了年龄、性别、我是谁，我好像又回到了童年……在这里，我见到了最深的积雪、最密的林海、最清透的阳光，我睁大双眼，希望能将这人间仙境尽收眼底，存在心底。

　　雪以它的单纯洁白、通透无瑕唤醒了我的童心，澄明了我的心境。它是精灵，云和雨的精灵。当它轻盈地落在我的眼睫毛上、落在我的眼角眉心的时候，我仿佛听到了它在吟唱……优美的旋律，轻盈的舞姿，带着音乐在飞翔，你，听到了吗？

梵净山，一方人间净土

一座山，傲然屹立于地球 10 亿多年，深藏于中国西南腹地，巍峨于千里的武陵山脉，这就是贵州最独特的地标——梵净山。梵净山被誉为"天下众名岳之宗"，集"黄山之奇、峨眉之秀、华山之险、泰山之雄"于一体，是中国五大佛教名山之一。如此充满奇特、神秘、禅韵色彩的黔东灵山，无疑成了我遐思神往的地方。

这次与朋友自驾游梵净山，历经 16 个小时，1300 公里，跨越 6 个省市，千里迢迢来到贵州铜仁市江口县，直抵梵净山脚下。从晨曦日出到夕阳坠落，越过一道道山冈，穿过无边的苍茫，只为贴近这一片梵天净土。

梵净山山势高峻，山体庞大，最高峰海拔 2494 米。我们乘索道上山，随着缆车缓缓向上，脚下郁郁苍苍的原始森林与我渐行渐远。我攀扶着云朵，如太白仙人极目远眺，远处黛青色的山峦，如茫茫大海中的座座群岛，在半山缠绕的白云里，连绵起伏，雄奇而磅礴。"造化钟神秀"，大自然奇妙绝美的水墨画卷，绝非人类之笔所能描绘。

自缆车下来，已达海拔 2100 米的云线之上，雾气在山间缥缈萦回。当徒步穿行在原始森林中时，感觉出奇地清幽凉爽。路两边，参天古木林立，繁茂的槭树、山樱、野杜鹃密密地交织着。枝杈上，艳丽的鸟雀们欢快地唱着歌。石阶旁的山崖，密布着深浅不一的苔藓，新绿深褐层层交叠，渗着盈盈的水气。一路沐浴着草木的清香，聆听泉水潺潺，一种世外幽静之美，让我心安无忧。亿万年来，梵净山烟霭茫茫，寂静一方，至今仍保存着亚热带原生生态系统，如此纯净未被破坏的环境，世界也罕见。各种珍稀古老的生物种类，栖息在这样的天堂中，友好相处，和谐共存。如今，这个生机勃发的灵动世界，已被列入国家级自然保护区、联合国"人与生物保护圈"和世界非物质文化遗产名录。

山顶，漫天烟岚在涌动，浓雾如海。我站在高山之巅，如腾云驾雾般，飘然若仙。正陶醉于幻境中，不经意看到大自然母亲，用它温柔的手，稍稍挥了一下，漫天烟青色的云雾慢慢散去，太阳的光辉瞬间透过薄云照射了下来，天边突然洒下一片佛光，晕染了整个山川云海。旁边最高峰老金顶的山尖，袅袅的香雾绵绵地飘向云际。对面如拇指般仁立的红云金顶峰，熠熠生辉。我似乎听见金顶上释迦、弥勒二殿的梵唱，在天际悠悠回响。我的心瞬间被震撼、被净化，一种超凡脱俗、远离纷扰尘世的念想油然而起。

眼前，梵净山的精魂——蘑菇石，巍然峭立在悬崖边。两块方形山石，上下两节，似连非连，摇摇欲坠，大有一触即倾之势，异常危险。然而它却顶天立地，稳稳屹立了千万年。自然界的鬼斧神工造就了人类无法想象的状态，我抚摸着这些纹路清晰，经过地球板块的挤压、海水的浸泡、风霜雨雪的侵蚀风化形成的嶙峋怪石，感到有一股永恒的力量穿透时空，有一种亘古不变的灵魂蕴藏其间，无法撼动。我忽然觉得自己被缩小为一粒尘埃，人的生命在这里已渺小到看不见。

在浩瀚的宇宙中，人类是自然的一员，得以在地球上生存，源于自然母亲的呵护和养育，它赐予我们纯净的阳光、空气和水。如今，随着社会的发展，人类征服自然的愿望越发强烈。一些不法之徒随意开采，唯利是图，造成雾霾严重，污水泛滥，粮食蔬菜含有大量化肥农药，医院人满为患……细思一下，感到十分恐惧。环境一旦遭到破坏，生态危机不就成了人类的生存危机吗？早在2000多年前，老子《道德经》中"自然无为"的观点就告诉人们，自然万物的存在是不受任何意志支配的，不可随意妄为。

梵净山绵延高远，屏蔽了外世红尘中的浮华与喧嚣，保存着原始自然的纯洁和清宁，是一个可以自由呼吸、亲近拥抱的放松之地，是一个让心灵返璞归真、修身养性的世外桃源，更是让人心境澄明、心地寥廓的一方净土。

云中深处有人家

　　云舍村，初听这个地名，我的心就仿佛被扔进了一颗石子，泛起阵阵涟漪。云中的房舍，仙人居住的地方，想必，这是一个静卧云中的诗意村落。我的眼前映出了梦幻般的景致，心心念念中，想着一定要去做回神仙。

　　美好的愿望，总能实现。今年夏天，16 个小时的自驾，终于从东向西，途经 6 省市，来到了贵州铜仁市江口县太平镇，第一站就迈进了云舍村。这里被人们赞誉为"中国土家第一村"，2014 年又被住建部和国家文物局评为"中国历史文化名村"。

　　透过飞檐翘角的云舍门楼，放眼眺望，只见远山朦胧，若隐若现，整个云舍村也被笼罩在一片缥缈的云雾中。我仿佛置身于云端，飘然间，脚步轻松明快。一进村舍，第一眼就惊艳了，满塘的荷正绯红着脸颊，亭亭如少女般地喜迎宾客。龙潭河水，清澈明净，白鹅麻鸭成群结队地在河中畅游嬉戏。两岸是土家典型的砖木结构的房屋，浓郁的淳朴气息扑面而来。

　　往上是宽阔且湍急的水流，几条小坝横卧其间；阻挡处，一道道雪白的瀑布流泻而下。三五成群的女人们立于水中，牵拉抖洗着大块棉布，仿佛水中的舞者，亦如朵朵荷，尽情绽放。我站在石板砌成的台阶上，将手置于清澈的山泉水中，顿时，一股清凉惬意的感觉，沁入心脾。

漫步村舍中，忽然，一个个砖砌的水池引起了我的好奇，池里浸满了毛竹，用石块压着，以免漂浮。这是做什么的呢？旁边的告示牌解开了谜底。原来是造纸作坊。池里是当地盛产的毛竹，被石灰水浸制、软化，经捣浆、细化等多道程序后，制成俗称的"香纸"，用于老百姓烧祭和祭祀祖先。如此复杂细致的手工制作，居然千百年来被勤劳的土家人一直沿用至今，让人叹为观止。实情实景的造纸坊在云舍村自成了一道奇特的风景。如今，土家人"云舍造纸，蔡伦为师"的手工造纸工艺被列入了非物质文化遗产项目。

走出作坊返回路边，见一老奶奶在家门口卖小吃，走近一看，告知是冰粉，晶莹剔透，如棕色的豆腐。好奇心驱使我询问由什么原料做成，她兴致勃勃带我进屋，指着两大匾笼里满满的成熟果子。我拿起一只，剥皮，圆圆的如青色的灯笼模样，煞是喜人，忍不住咬了一只，酸酸甜甜。老奶奶告诉我，这个野生果子要经过打浆、过滤、凝固，做成冰冻如豆腐样才好吃，有消暑降火的功效。确实，爽滑冰凉的口感，加上红糖花生末的香甜，不仅口舌味蕾绽放，下肚后，整个人瞬间凉爽舒坦起来。我连吃了两碗，还欲罢不能。

不经意来到了上游，一汪碧绿的潭水映入眼帘，湖面如宝石般静谧深邃，烟气飘浮。当地老百姓说，此潭名曰神龙潭，深不可测，每遇天旱，潭中会忽然涌出大水，蔚为大观，而每遇久雨，潭中水下沉，呈倒流之势。神奇之说非空穴来风，历史早有记载，《贵州通志》曰："云舍泉在（铜仁府城）省溪北十里。岁旱，祈祷即雨。"

绕过神龙潭，随村寨环线的路牌提示，走迷宫一般来到云舍村古建筑群。这是明清时期的土家筒子屋，翘角青瓦的屋顶，气势恢宏，外墙蓝色的格栅窗棂古朴自然。据介绍，这里原本几十户筒子屋，在战争时期被湘军烧毁，目前只有几户完整保留。站在通透的天井里环顾，吊脚楼上的雕花栏杆，造型繁多，有万字格、福寿图、花卉、动物、水果等，虽经岁月的磨砺，黢黑破损，但仍栩栩如生，惟妙惟肖。筒子屋内部的构造更为巧妙，防水防潮。精湛的工艺，让人叹服。

移步换景中，各式民族风情馆一一呈现眼前。被称为"中国戏剧活化石"的傩文化，体现了神秘而古老的原始祭祀方式。风情浓郁的土家婚俗馆，采用蜡像人物再现，喜庆直观。还有载歌载舞的金钱杆、摆手舞等，无不彰显了土家族人的勤劳智慧，以及对美好生活的热爱。漫长岁月的变迁中，云舍土家族依然保留着自身民族的风情习俗。

被云雾笼罩的云舍村，背倚缥缈巍峨的梵净山，怀拥奇妙的神龙潭，与风景如画的太平河相依相偎，是名副其实的世外桃源、人间仙境。土家族人在超然物外的胜境中，安静、平和、静谧地世代生活着。淳朴的民风、安居的生活、悠久的历史，都印证着这个古老的村庄神秘而辉煌的过往。

寻找心中的桃花源

"不知有汉，无论魏晋"，这是陶渊明在《桃花源记》里描述的桃花源居民两耳不闻窗外事，一心只过安宁日的场景。其实这也是陶公心中所向往的世外桃源的生活。

古人尚且如此，今人也是这样，繁花似锦、车水马龙的都市虽然多姿多彩，待久了却也让人身心疲惫，渴望逃离。寻找一方净土，放松一下紧绷的神经，成了现代人艳美的生活方式，所以旅游成了时尚。可如今，找热闹的地方容易，寻清静的地方却很难。这次姐妹们相约贵州行，去西江千户苗寨探寻古村落，我丝毫没有犹豫，欣然答应了。

傍晚时分来到苗寨，入住了一家由典型苗家风情吊脚楼改造的客栈，坐在有苗家姑娘绣花的美人靠上放眼望去，四周群山环抱，满目葱茏，清新的空气中不时飘来幽幽的花香。

客栈老板说，西江苗寨的夜景是很美的。于是，吃过晚饭，我们来到景区。这里夜如白昼，灯火辉煌，小吃街、酒吧街，人头攒动，沿街商铺一家紧挨着一家，琳琅满目的商品让人眼花缭乱。乘坐观光车去观景台的游客已经排成了长龙，我们干脆步行上山。

夜幕下的千户苗寨已分不清是天上还是人间。户户灯火，闪耀如满天星辰，勾勒出牛头般的轮廓。横跨桥上的风雨楼如同牛鼻，灿烂辉煌，白水河恍若牛嘴，两岸的树影被灯光映射得绚丽多彩，牛眼处正上演着一出出极富苗家风情的歌舞，舞台上熠熠生辉。这是我想象中的苗寨吗？我恍如在梦境中游走。

第二天一早，天刚蒙蒙亮，我们起床了，想去看看卸去浓妆后苗寨真实的容颜。街道上很安静，晚上刚下过雨，空气清润凉爽。路边的杜鹃、长寿花、三角梅还挂着水珠，娇艳欲滴，白水河像一条玉带穿城而过，潺潺的流水仿佛将夜晚的喧嚣冲刷得一干二净。

我们这次没有走大路，特意选择了从山寨中穿行。觅着小路蜿蜒而上，鹅卵石铺就的山路，镶嵌着各式图案，有的像花，有的像铜鼓，由小树桩做成的路旁的围栏上，青苔清晰可见。寨中，古树林立，树下灌木丛生，各种不知名的花探头探脑，调皮地和我们打着招呼。新鲜湿润的空气中，透着一股青草和木头的香气。顺着山势，一幢幢吊脚楼鳞次栉比，房基皆由大块鹅卵石累砌而成，木质的墙壁斑斑驳驳，印着岁月的痕迹。我仿佛又找回了一种宁静古朴的感觉，恬淡、幽美。

来到山顶，烟雾缥缈中的苗寨像一位还没睡醒的苗家少女，静静地依偎在大山的怀抱中。层层叠叠、青砖黛瓦的吊脚楼，犹如苗家姑娘穿着的扎染衣裙，虽没有一丝艳丽的色泽，却可以在经历岁月的洗礼后仍然空灵俊秀。白水河在姑娘脚下安静地缓缓流淌，旁边是依山势渐渐铺陈的水岸梯田。微风徐徐，飘来阵阵泥土和青草的芳香，沁人心脾。这是一幅真正的苗寨风情的山水画卷。

我的心感到了安定，我似乎看到了陶公所描述的世外桃源的景致："土地平旷，屋舍俨然，有良田美池桑竹之属。阡陌交通，鸡犬相闻。"只是这里的人是不是也"不知有汉，无论魏晋"呢？我不禁想起来昨晚在山脚下的集市中所看到的情景。

繁华的小吃街上，有很多人在售卖当地的特产：糯米糕、糍粑、米酒、熏肉等。在摆放着银饰品之类的小商品摊位前，一位发髻高盘并别着大朵茶花的苗族妇女吸引了我的视线。她正在她的摊位旁静静地刺绣，绣的是一条裙腰带。近看，上面的各色花朵立体感很强，红的艳丽，白的素洁，花蕊丝丝可见，看来手工不是一般的精妙。她专注地绣着花，全然不受周围嘈杂的声音和来往人流的影响，一针一线，从容淡定。

有一种古朴的本色，能让你一见倾心，从灵魂深处触动你的神经，让你相信，虽然繁华近在咫尺，却无法抹去心头的宁静。"结庐在人境，而无车马喧。问君何能尔？心远地自偏。"我们无法避开尘事的喧嚣和纷扰，却可以回归初心，在内心修篱种菊，于时光荏苒中，盛享生命的清幽和芬芳。

神秘的青海湖

　　翻过了青海湖的东面屏障——雄伟的日月山后，便进入了青藏高原。视野从这里一下开阔起来，青藏公路如一条雪白的哈达飘向天际，两旁是一望无垠的辽阔草原。远处的草地与蔚蓝的天空相连，朵朵白云悠然其间，似乎一伸手就可触碰到。青青的草地上，牛羊在慵懒地吃着青草散着步，雪白的蒙古包镶嵌在绿毯上，犹如点点钻石，醒目而耀眼。

　　青海湖地处高原的东部，面积有 4000 多平方公里，形状像一片树叶，湖的四周被四座海拔在 3600～5000 米的巍巍高山所环抱。约两个半小时的车程，我们来到了湖边的二郎涧。巨大的经幡在风中飘扬，只见碧波连天，海天却不是一色。湛蓝的青海湖宛若一颗蓝宝石，迷了人眼。这不是海的湖，比海更蓝，更清澄；比天空的碧蓝更深邃，更沉静。随着云朵的飘动、光线的变化，湖水越发蓝得变幻莫测。

　　岸边是大片大片的油菜花田，远远望去，犹如一幅黄绿相间的地毯，美不胜收。欣然走进，发现有的花刚露出点点黄蕊，含羞欲放；有的已全然盛开，金灿灿，绚烂夺目。阵阵馥郁的花香钻入鼻尖，沁人肺腑，惬意了心怀。忍不住钻到金色的花垄间，像蝴蝶一样飞舞在芳香的油菜花海中，乐不思蜀。

　　七月是青海湖最美的季节。碧蓝的天、洁白的云、深湛的湖水、金色的花海，一幅色彩纷呈的画面，这是青海高原才有的壮美旖旎的美景，让人心醉。世间的喧嚣似乎被这里的静谧消融了，心境也仿佛被注入了青海湖的水，澄澈而轻盈，仿佛这岸边盛开的油菜花，盈满了生命的芬芳和惬意。

　　青海湖一直是我魂牵梦萦的地方，灵魂也曾流连其间。"你见或者不见我，我就在那里，不悲不喜；你念或者不念我，情就在那里，不来不去。""让我住进你的心里，默然相爱寂静欢喜。"在此蒙难遁世的情僧仓央嘉措让青海湖圣洁而脱俗，他的情诗，也曾让我心痛和温暖，真挚的情义感天动地。

　　我来到澄澈的湖水边，赤脚缓缓踏进湖中。冰凉沁心的湖水，轻吻着我的脚踝，浸湿我的衣裙。"不为觐见，只为贴着你的温暖，不为修来世，只为在途中与你相遇，不为长生，只为佑你喜乐平安。"我虔诚地掬起一捧湖水，举向天空。仿佛听见仓央嘉措说："若能在一滴眼泪中闭关，这一刻不用多疑。"是的，这是你最好的归宿。

　　神秘的青海湖是信仰至诚的圣地，仓央嘉措与玛吉阿米的凄美爱情，让世间多少痴情男女愁肠百结。他流芳百世的缠绵情诗，更是让无数有情人柔肠寸断。"不负如来不负卿。"千万人千山万水地来追寻，追寻雪域高原最美情郎的最后一滴眼泪。

　　此刻的青海湖如一泓咸涩的莹泪，任由高原清冷的寒风揉碎。在荡漾的涟漪中，宛若一颗心在震颤，那是情僧生生不息的灵魂在等待。眼前深邃而苍茫的碧海蓝天，耳边浪涛拍岸的阵阵梵音，久久萦绕在心间，铭刻在岁月无尽的思念中。

　　青海湖，一个像海一样的湖，一个神秘的湖。

奇葩美味——"豆丹"

国人对于美食的追求，向来不缺乏智慧和勇气，对于吃，可以做到极致。

这次长假应好友之约，来到江苏连云港灌云做客，不仅品尝到了当地的特色海鲜，而且第一次吃了让我不可思议的，被誉为"国内少有、苏北仅有、灌云特有"的一道奇葩美味珍品，令我终生难忘。

当酒过三巡，宾客们推杯换盏中，一道加热的盆菜端了上来，只见汤色表面金黄醇浓，几片碧绿的青菜叶间，点缀了好多白棉球，小小的，很是养眼。主人介绍说，这是我们灌云最有特色的美食，营养特别丰富。目前是产量旺季，价格不算贵，在冬季稀少的时候，可要一千多元一盆呢。这引起了我极大的好奇心，忙询问是由什么珍贵的食材制作的，主人欲言又止，笑而不答，站起身，帮我盛了一小碗，说你先尝尝味道吧，看看好不好吃。

夹起一只白棉球放入口中，轻咬，感觉软软的、嫩嫩的，口中似有似无，太小了，似乎没吃出味道来，又夹一只入口，有些清甜的滋味溢出，又夹一只，似有肉味流于唇舌间，鲜香柔滑，细腻松软，再喝上一口汤，一股醇香立即在嘴里蔓延、升腾，让人齿颊生津。主人看我吃得有滋有味，于是揭开了谜底。说这叫"豆丹"，是用大豆菜叶上生长的豆虫做成的菜肴。听到这里，我头脑中立刻浮现出一只只毛茸茸、肉嘟嘟的大青虫来，我手一抖，筷子上夹的刚准备送入口中的白嫩嫩的大青虫掉到了桌上。抬头瞟了一眼眉飞色舞的主人，他正聊得兴起，没有注意到我的失态，而我却看见对面的杨哥一边津津有味地吃着，大声称赞，一边又往自己的碗里装了满满一大勺白花花的豆丹，直呼吃得过瘾。

主人兴致勃勃地说起"豆丹"的由来。原来，在灌云地区，食用豆丹已有300多年的历史了，它来源于一个传说故事：以前有相依为命的兄弟俩逃难到此，靠打鱼为生。当哥哥长大成人，兄弟俩耗尽家产为哥哥娶了妻子，可是这个嫂子心眼太坏，处处刁难弟弟。没办法，弟弟和哥哥分家了。人小个矮的弟弟日子过得很艰难。有一年，他在岸边的芦苇里开辟出一块荒地，种上黄豆，指望靠收成过活。可是，有一天，他突然发现黄豆叶子上爬满了密密麻麻的虫子，几乎要把叶子吃光了。弟弟急得大哭。就在这时，一位老奶奶来到他身边，告诉他，叶子上的虫子是王母娘娘炼丹的时候撒下的粉末，吃了它可以强身健体。弟弟刚要感谢老人，老人却已不见了。于是，弟弟捉了几只虫子回家煮了吃，真的好鲜好香！他没舍得全部吃光，入冬后就把虫子埋在土里。饿了就刨上来做着吃。谁知，弟弟后来长生不老，被招入了天界，做了当地的土地神。后来，人们认为这是神仙奶奶带来的仙丹，于是将豆虫叫作"豆丹"。

原来，这俏皮美妙的名字是这么来的。外形如蚕宝一样呆萌可爱的豆虫，虽是大豆的天敌，但在智慧的人类眼里，无疑是一道美味。豆虫吃的是新鲜的大豆叶，喝的是纯净的甘露，没有任何污染，不仅味美，含有高蛋白，还具有治胃病和降胆固醇的特殊疗效。中央电视台的相关节目中也曾经多次专题报道过豆丹。

于是，我又往嘴里夹了一只豆丹，味道确实鲜爽。

如今，人们对于食材的选择，越来越崇尚自然，追求天然。安全健康、清新朴实、原汁原味的食物受到追捧。美食家们则更是运用他们的聪明才智，将返璞归真、融入自然的理念发挥到极致，烹饪出了丰富多彩、令人意想不到的美食，既让人们享受到了舌尖上的美味，又能保护生态，有益于人类的健康和创造绿色的家园。

如切如磋，如琢如磨

这是一种食品，被装饰过后，造型生动，妙趣横生。经过笼屉蒸熟后，越发显得饱满圆润，色彩鲜艳。吃在嘴里更是软糯香甜，绵滑细腻。其实她只是极为普通的糯米糍团子，但在西来桥匠人灵巧的双手中已幻化为神奇的"花团子"。她出于俗而脱于俗，以绝美的身姿和筋道的口感深受人们的喜爱。方寸之间，蕴含世道人情。这就是指尖上的艺术——西来桥糍塑。

西来桥位于水土丰腴的长江中下游，是长江第二大岛——扬中市的一个江心小岛。秀美清新的小镇，风光旖旎，有着得天独厚的自然资源。而有着几百年历史的精美糍塑手工技艺，就是这方水土独特的文化符号。2014年，西来桥糍塑已成功申报江苏省非物质文化遗产保护项目。

其实早在汉代就有文字记载过这样的手艺。当时老百姓俗称"面花"，而制作人就是我们从小喜闻乐见的捏面人。他们挑担提盒，走街串巷，叫卖谋生，颇受老百姓的欢迎，特别是孩子们的追捧。南宋孟元老的《东京梦华录》中记载："以油面糖蜜造如笑靥儿"，同时也说明这些原料都可以食用，并称之为"面食"，明代称为"面果"。这一源自民间、历史悠久的传统手工艺经过岁月的积淀，逐步发展成了一种礼仪，多在岁时、民俗节日中作为馈赠、祭祀、喜庆的标志信物。寄托了人们为满足丰衣足食、祈祷神灵保佑的一种美好愿望，也是酬宾访亲探友的颇为讲究的礼物。

西来桥糍塑与面塑虽一脉相承，但又独具魅力。它既有北方面塑豪放朴实的造型，又有南方糍塑的精巧和优美情趣，宛若南方温婉婀娜的女子，细腻雅致。从那一片片绽放的花瓣中，仿佛能嗅出盈盈暗香来，从那一袭袭飘动的衣袂中，不经意间透露出江南水乡清新典雅的风情与韵味。

走进西来桥糍塑艺术馆，馆长及艺术传承人黄金龙带领我们参观。宽敞的展示大厅里，一幅幅精美的糍塑作品呈现眼前，有生日上梁、喜宴寿宴用的寿桃、喜盒，上配花鸟虫鱼、龙凤吉祥图案，造型灵巧逼真，朴实雅洁。有形态各异、栩栩如生的历史传说人物，那惟妙惟肖的模样，俏皮可人。墙壁上也挂满了各种造型的精彩图片。展示架上，各种奖牌吸引着我们的目光，均为在各省市艺术展览会上获得的金奖荣誉证书等。

酒香不怕巷子深。2017 年，糍塑制作的全过程被央视科教频道《味道》栏目拍摄播放，西来桥的糯香飘进了千万家。展厅中间一张大桌子上，各种稚拙却充满童趣的可爱作品，唤起了我们的好奇。黄金龙说，这是孩子们制作的手工。为了传承这项非遗，他走进校园，在学校专门开设的糍塑课程上，手把手教授孩子们学习创作。

接着，黄金龙亲自动手为我们制作了糍塑"花石榴"。只见小小的面团几经揉搓捻刻，石榴的外形立马显现出来，继而用红黄蓝绿的小面团做成石榴籽，镶嵌其中。一把镊子，一把钎子，一把剪刀，简单的工具在他灵巧的双手间轻舞飞扬。不一会儿，一个鲜灵活物"花石榴"就展现在众人面前。

黄金龙是西来桥第四代糍塑传承人，从小受奶奶的影响，19岁就跟着学习糍塑手艺。30 多年来，他不仅认真磨炼技艺，传承其精华，更是不断摸索，独创了一套风格，由原本粗犷简约的造型，逐渐变得更为细腻生动传神。他创作的获奖作品"姜太公钓鱼"，人物神态活灵活现，逼真幽默。只见那姜老头身着紫衫绿褂，头戴黑帽，正眯缝着双眼，怡然自得地钓鱼，一副胸有成竹的模样。他说，以前装饰糕塑约 4 小时，现在需要一天的时间细细琢磨。梅花香自苦寒来，凝结着匠人智慧与才华的每一件珍贵的作品，无不是经过岁月的打磨，用心血浇灌而成。

走出西来桥糕塑馆，五月煦暖的阳光，照在路边焕发新绿的树叶上，折射出的柔光浸润着我的心扉，一种温情和感动在心底蔓延。西来桥匠人指间揉捻的何止是米糕，那指尖流淌的是浓浓的珍爱糕塑这门技艺的真挚情感，是那份能坚守住时光的寂寞，不恋城市喧嚣的气定神闲，更有那倾心于传播教学的虔诚的心，承载着传承非遗的执着情怀。

匠人心，如切如磋，如琢如磨，如梦也如歌！

走起，看海去

　　湛蓝的天空、飘浮的白云、广阔的大海、青翠的山峦，沐浴着暖暖的阳光，漫步金色的沙滩，任凭轻柔的海风亲吻着脸颊，感受海浪轻抚着脚趾后又恋恋不舍退去时的爱恋。

　　来到海边，一切都是那么的妩媚迷人。

　　炎热的夏季，最适合散心的地方自然就是海岛。约着朋友一行 8 个人，两部越野车，自驾舟山、朱家尖海岛。

　　途中经过沪蓉、京沪、常台、乍嘉苏、沈海、甬舟六条高速，一路目睹了杭州湾跨海大桥（世界第三，全长 36 公里）、金塘跨海大桥、西堠门大桥，以及舟山直达朱家尖的观音大桥等 6 座大桥。每过一座桥，车上的小伙伴儿都大加赞叹：桥型设计漂亮，建造得雄伟又壮观。远远看去，桥墩的刚硬与拉索绳的柔韧相辅相成，协调完美。我们一路都在感叹国家资金力量的雄厚，建设者们无与伦比的精湛技术。

　　交通便捷，一路顺畅。全程 500 公里，历时 6 个小时到达。

　　朱家尖有个著名的景点——十里金沙，其中南沙广场的沙雕十分精美。人物造型各式各样，坐卧站立，惟妙惟肖。因为南沙沙质细腻柔纯，是制作沙雕的理想材料。宽阔平坦的沙滩上，孩子们拿着五颜六色的小铲、小桶、小锹在挖沙，堆沙，忙得不亦乐乎，憨态可掬的模样可爱至极。

海滨浴场人头攒动，热闹非凡，人们尽情地在大海里畅游、嬉水、跳浪，还有些则三五成群地在沙滩上打排球，或租上一辆沙滩摩托车在沙滩上驰骋发泄，更有些好玩的在挖沙坑，做埋人游戏，阵阵欢声笑语飘扬在海风中。

看到在浪尖上一跳一窜的人头，我也心痒，忍不住上前尝试。来了，浪花到了，跳起，浪头把我托高了，待落下后，浪花也到了身后。太有意思了，我又连续跳了几次。突然，一个大浪过来，远远超出我许多，眼看跳不上了，只见浪头铺天盖地向我扑来，一下把我打翻，咕噜咕噜沉到了水底，本来抓着老公的手，也被强大的海浪冲脱了，关键的时候他把我弄丢了。好在旁边有一根拉绳，我如抓着救命稻草一般死死拽住。等浪下去冒出头时，我已经喝了好几口咸涩的海水。一脸狼狈相的我，又是呛咳，又是喘气，引得朋友们开心大笑。

晚上的海鲜大餐不容错过，来到海岛不吃海鲜岂不白来。整个海岛看上去灯红酒绿，到处挤满了来吃海鲜的人。我们问了几家路边排档，感觉农家乐的海鲜真心不便宜，价格还不是一般的高，数量也少。可能因为生意太好了，商家不愁销路。中午的海鲜餐，我们已经被宰了一次，晚上我们长了一点心眼，与老板斗智斗勇，虽价格下不来，但没有短斤少两，数量比中午多一倍不止，撑得大伙儿只喊过瘾。

第二天来到国家 4A 级的大青山景区。大青山是朱家尖的最高峰，海拔 379 米，三面环海，是整个舟山最适合自驾游的好地方。我们的车绕着大青山逶迤而上，窗外，时而林茂静幽，时而山海相连。山头云雾绵延，宛若仙境。依山临海 18 公里的环岛旅游大道，集聚了阳光、海浪、沙滩、礁石、渔村，风光旖旎，宛若人在画中游。

离大青山不远的朱家尖乌石塘，气势庞大。它的西岸、南岸是由两条乌黑发亮的鹅卵石自然倚坡斜垒而成，如两条横卧的乌龙。鹅卵石在阳光下光洁靓丽，花纹斑斓，大面积看起来颇为壮观。

回程已是傍晚。高速公路上依然车水马龙，跨海大桥灯火通明，我们畅游在车海中，又是一番欢快的感受。可能是白天兴奋的延续，也可能旅行意义的体现吧。忙碌的生活让人乏味，身心疲倦，希望能有放松的机会，到自然中走一走，让心灵像天空一样广阔，如大海一般宽容，似大山一样稳定。希望一生坦荡、真切、平静、知足而快乐地生活。

济州岛之旅

一直喜欢并向往着旅行，渴望工作之余抽出一点时间，丢掉生活中的一地鸡毛，来到心中向往的地方看风景、品美食、赏民俗、听故事，让大自然别样的风景占据视野和心灵。

这次好友选中的韩国济州岛行程特别优惠，景色原始，生态自然，又没有购物烦扰，我当下就拍板敲定，虽然还有 10 天才启程。

身未动心已远。期待也是旅行的一部分。

坐上飞机发现原来是包机，150 人均来自江苏省内各市县，难怪团费便宜。进入机舱，眼前一亮：行李架、座椅布置别具一格，卡通人物喷绘明快靓丽，有趣又可爱。飞机坐了 N 次，唯有这架飞机舱内的设计让我惊喜。济州岛之行开篇便有了一个美好的心情。

一个半小时的行程很快，晚上 7 点降落在济州国际机场，随后入住海景度假村。放眼望去，静谧的大海、温柔的沙滩、摇曳婆娑的棕榈树，一幅浓浓的海岛风情画瞬间映进了眼眸。

酒店是公寓性质的，家具电器一应俱全：冰箱、电磁炉、电饭锅、锅碗瓢盆等，连油盐酱醋都不缺。且三天都住这里，不需要每天收拾行李更换酒店，让人顿觉轻松愉悦。

导游说韩国人一般会在节假日带着家人来到这座"蜜月之岛""浪漫之岛""养身之岛"休闲，住在度假村里，买菜、做饭、海边漫步、爬山，享受自然带来的惬意和舒适。

济州岛的特色景点还不少：天帝渊瀑布、药泉寺、龙头岩、汉拿山、城邑民俗村、城山日出峰、泰迪熊博物馆等。

天帝渊瀑布的起名，源于传说中玉皇大帝身边的七仙女偷下凡间沐浴嬉戏。天帝渊，顾名思义，是"天帝之渊池"之意，第一段瀑布高 22 米，水深 21 米，从东侧岩石洞顶部流下，因山石阻隔，又流泻出第二、三段瀑布，最后流入大海。在奔腾的瀑布之上有一座仙临桥，是雕刻着七仙女的拱形桥。这里山清水秀、洞奇瀑美，是一处宁静悠然的妙境。

龙头岩是汉拿山火山口喷出的熔岩在海上凝结而成，远看似龙头模样。夕阳映照下，龙头岩分外生动逼真，仿佛有了生命一般，栩栩如生，如一条巨龙屹立于波涛澎湃的海岸边。

城邑民俗村里现有 400 余栋宅屋，原汁原味地保留了古代村庄房屋的原貌，茅草屋、石神像、碑石、黑色的熔岩石石墙等，完全保存了韩国传统的民俗特色，在这里漫步，感觉穿越了时空。

济州岛是由火山喷发形成，四面环海，因此空气清新，没有任何污染，菜品几乎自给自足，环保健康。特色菜肴有：参鸡汤、石锅饭、海鲜锅、烤黑猪肉等。

参鸡汤很有特色，一只小锅炖一只鸡，鸡肚里则塞满糯米，再配有少许整条的高丽参药材，吃起来满口香糯，养生又美味。吃完后可以将米线直接下到鸡汤里烫一下就可以吃。烤黑猪肉味道不错，口感 Q 弹劲道、香浓没有腥味。有意思的是，这里吃烤肉可以随便添加，不限量，但是搭配肉吃的蔬菜就不可以随便添加，加可以，但很贵。济州岛的米饭特别松软。

给我印象最好的是蔬菜可以生吃，放心吃，特别清甜脆嫩。

看到一幕村民们种菜的情形觉得有趣。三个村民在田间种菜，他们不是低头弓腰，脸朝黄土背朝天地蹲在地里忙活，而是坐在一个小凳子上，不急不慢，仔仔细细地侍弄菜苗。需要挪地方了，随即站起来，腰间挂着一个轻巧的泡沫式样的小凳子就跟着带起，也可以随时坐下，这样无疑减轻了劳动强度，避免了腰酸腿麻，轻松又有效率。可见田间地头照样有聪明和智慧存在。

旅行，是时空的交换，也是心情的交换。美好的获取有时也需要探寻。自然景观的绮丽让人流连忘返，但还有比自然景观更深刻的领悟——一方水土养一方人，每一方水土的人都有自己的优势。了解别人，自己才会有所收获。了解世界的多样性后，才能把生活过出新意与精彩。

二月兰

　　夕阳西下，落日调皮地躲在一片高高密密的水杉林后面，橙黄而明亮的光线映着水杉林熠熠生辉，树下的二月兰盛开着，就像一床厚厚的蓝紫花被覆盖在水杉林脚下，在煦暖的余晖中，被晕染得紫气升腾，朦胧而神秘。

　　这是一张南京理工大学二月兰花开的图片。是好友发给我的，让我陪她一起去看花。

　　南京理工大学位于南京的玄武区孝陵卫，半小时的车程就到了。因为周末，学校对外开放。当我们步行进入大门，一种久违的校园气息迎面而来：大路两旁粗壮的梧桐整齐划一，教学楼、实验楼、科技楼、宿舍楼被绿树环抱着，清雅幽静。左边大大的草坪上，学生们三五一群，有的坐着看书、聊天，有的在放风筝。

　　沿着大道前行，远远地看见人行道上有几个穿红衣的学生，他们隔一段站一个，好像跟游人讲述着什么。走近后发现右手边有一片茂密的水杉林，二月兰蔚然盛开着，如同一片紫色的花海。原来学生们在和游人轻声解释："这里的一片花海没有路，不可以进入花丛拍照。再往前走，教学楼那边会有一大片二月兰，有深入其间的小路，可以满足游人近距离观赏。"学生们诚恳的话语、真挚的表情让人欣慰，爱护花草、细致体贴，学生们做得一点不含糊。

教学楼前的这一片二月兰开得极为繁茂，就像季羡林大师说的："二月兰一怒，仿佛从土地深处吸来一股原始力量，一定要把花开遍大千世界，紫气直冲云霄，连宇宙都仿佛变成紫色的了。"我们被二月兰的紫气包围着，在小径中漫步，感受着小桥流水蜿蜒其中。石桌石椅，浪漫悠闲，徜徉在这花海里，心情无比的愉悦。

细看二月兰的叶子是翠绿的，花朵就开在植株的顶端，一朵花有 4 个花瓣，花瓣呈十字形，微风徐来，舒展的花瓣就像少女窈窕的身姿，她们穿着蓝色的裙、紫色的裙，还有白色的裙，在风中蹁跹起舞，那么绚烂、美丽。

高耸的水杉，粗壮而挺拔；娇小的二月兰，柔美而悦目。一幅刚柔相济的画面，体现了一种完美而和谐的意蕴。非常欣赏南理工的一位校长在开学典礼时对男女生的一段寄语，生动的比喻，贴切而含有寓意："祝福男生都能像一棵棵直指云霄的水杉树，无论顺境、逆境，都能宠辱不惊，保持挺拔的身姿，默默注视头顶那一片蓝天白云；祝福女生能像一丛丛竞相怒放的二月兰，无论机遇、挑战，都能一如既往保持优雅的态度，深深扎根脚下那一片肥沃土地。"

是的，南理工的学生们不仅如水杉一样，坚韧不屈，勇于担当，还为了维护美丽的校园，特别制订了《美景需呵护，赏花当文明》的倡议书，张贴在路边的公告栏里。暂停对社会营利性组织开放，严禁婚纱影楼、摄影工作室等来校取景拍摄。并且，他们身体力行地放弃了节假日，轮流值班，现场维护秩序，用实际行动保护花们娇嫩的身躯，不让游人践踏。学生们的善良品行真正体现了二月兰的花语：谦逊质朴，无私奉献。

南理工的莘莘学子热爱生活，满怀着对自然界的爱护、敬畏之心，尊重、保护着每一个弱小而鲜活的生命。虽然他们的个体毫不起眼，甚至默默无闻，如同二月兰一般渺小、柔弱，但却在默默地尽自己微薄的力量，给世界添上点滴的美好。

作为地球大家庭中的一员，每个人都需要尽自己的微薄之力，热爱自然，保护环境，珍惜生命。力量虽然微小，如二月兰一样，哪怕最初只有一朵，两朵，或许是一夜之间，或许是一年又一年，就能变成百朵千朵万朵，开得遍地都是，淋漓尽致、气势非凡。这就是一种无穷的力量，一定会让我们的家园变得生机勃勃，和谐而美好。

水绿阜宁游记

　　眼前，蔚蓝的天空倒映在澄澈的湖水中，天地已融为一体。当快艇加足马力，向湖心小岛飞驰而去时，昂首立于船头的我，有一种飞翔在空中的错觉。发丝已挣脱了头巾的包裹，被迎面扑来的清风吹得肆意飞扬。我沉醉地深呼吸，饱含水气的凉风，直入心底，炎炎烈日下，觉得清新又舒爽。

　　应好友楠的邀请，我和莹及从鲁南下的罗姐，相约来到美丽射阳河畔的阜宁见面。挚友相聚，可谓"金风玉露一相逢，胜却人间无数"。见面的感觉犹如这盛夏骄阳，热烈而兴奋。

　　楠是土生土长的阜宁人，她带我们去的第一站是她家乡最美的金沙湖。我们的快艇靠近了湖中的鸟岛，绿宝石般镶嵌在湖心的鸟岛，满眼葱绿，成群结队的白鹭，翩翩起舞于林间枝头。它们鸣叫着，有的盘旋在碧空，自由欢快地翱翔；有的栖息在枝头，相互交流，打闹逗趣。无人居住的天然鸟岛是鹭鸟的天堂。

　　不远处的原生态芦苇荡里生活着灰鹭。我们的小船为了不惊扰它们，早早关掉了马达，悄悄地晃向芦苇荡。一人多高的芦苇密密匝匝，像迷宫，有种沙家浜游击队的感觉。刚一接近，灵敏的鸟儿还是觉察了，只见密密的鸟儿从四周腾空而起，"呱呱"地叫嚷着，排成一行行，飞向了天边。

金沙湖是国内最大的淡水浴场。我们兴奋地来到湖边，莹和我毫不犹豫地踢掉了鞋子，赤着脚漫步在湿润的沙滩上。金沙柔软细腻，仿佛踏在绸缎上，冰凉光滑。接着，又来到厚厚的沙滩区，忍不住一脚踩下去，沙子瞬间就淹没了脚背，而细沙则调皮地从脚趾缝钻出来，痒脚又痒心。我们已顾不得矜持，开心地用脚铲扬着沙粒，相互追逐奔跑，甚至飞扬起纱巾，轻舞跳跃。姐妹们仿佛一下子找回了久违的童真，个个笑颜如花。

七彩农业园的水晶花宫里，各种水培、立式、墙体等植物栽培的高科技，让人惊叹。那些栽于空中的藤架瓜果、番薯、葫芦、南瓜等，健壮喜人，仰头抬手即可摘得。

我们在紫薇花亭、十里荷塘边徜徉；在忘忧溪的栈桥上拍着美照；在向日葵的花海里与花儿比美；在开心农场里吃着无公害的甜桃；在寻味喻口吃着可以鲜掉眉毛的水产鱼虾。

楠又带我们来到离城区较远的马家荡。这里是纯自然荡湖区，属于苏中里下河地区的沼泽湿地，沟河荡滩成片，阡陌纵横达100多公里，共有八八六十四荡，马家荡是首荡。我们的小艇穿行在茫茫的湖荡中，宽阔的水面泛着粼粼的微波，如碎银般闪亮。清澈的湖水中，丝丝摇曳的水草在水中飘荡。清风阵阵，浓郁的荷香直钻鼻间，让人有种远离都市的宁静与清幽。

忽然发现前面有成群的野鸭，悠然自在地在湖中嬉戏。它们忽而钻到湖里，忽而展翅飞翔。我们的小艇鸣着笛，远远地驶过来，鸭子们毫不理会，不知避让，眼见就快撞上了，在我们一片惊叫声中，鸭子才慌不择路，扑腾着乱飞开去。鸭子的憨相逗得艇上的姐妹们笑得前俯后仰，说这鸭子鱼虾吃多了，太肥，以致不灵活了。确实，我们吃到的鸭蛋黄都是那么的金黄油酥，满齿留香。

小船悠悠荡着，不知不觉中来到了建湖的九龙口。楠说，这里是九条河道自然汇集的地方，面积有10万亩。如能从空中俯瞰，可谓美妙至极。恰好，我们带了无人机，此刻终于派上了用处。

随着无人机不断向上攀升，眼前出现了一片水天泽国。阳光下，九条水域如同九条银河，扇骨状交汇一处，又仿若九条银色蛟龙安静地俯卧在绿绒地毯上。最为神奇的是，茫茫的水域间，有一翡翠般的圆形龙珠岛，不偏不倚，正镶嵌在九龙口中，构成了一幅无与伦比的九龙戏珠图。大自然的造化让人惊叹。

马家荡的吊桥上，我使劲摇晃着绳索，荡得姐妹们左右摇摆，踉踉跄跄，继而紧紧地拥抱着，我们笑着、叫嚷着。莹的一米多的长发也被梅抛向了天空，金色的夕阳下，划出的一道优美的弧线，我将它定格在相机中，同时也定格在了姐妹们的心中。欢笑声久久飘荡在云水间……

碧波万顷的金沙湖水，鹭鸟翩飞的湖心小岛、芦苇荡，丰富多彩的七彩农业园，烟水苍茫的马家荡，灿若星际的九龙口，青春飞扬的姐妹花，在丰饶的里下河地区，辉映成趣，相得益彰，构成了一幅和谐动态的唯美画卷。

欧洲掠影

当我坐上 400 多人的大型客机——荷兰皇家航空公司的波音 747 从上海浦东国际机场升空的那一刻，心，也跟着飞翔了……飞上了万米高空，穿越了亚欧大陆。在接近 12 个小时的飞行后，终于来到了荷兰首都阿姆斯特丹，转机后，又来到了英国首都伦敦，开启了我的欧洲梦幻之旅。

18 天的行程，我游历了英国、爱尔兰、荷兰、比利时、德国、奥地利、捷克七个国家。如果说典雅秀丽的英格兰、苍劲豪迈的苏格兰、古朴自然的威尔士、神秘沧桑的北爱尔兰让人回味无穷，那么，有着风车王国、乳业王国之称的荷兰也让我流连忘返。

纵横交错的水系和一眼望不到边的绿地是荷兰典型的特征。肥沃的土地、丰沛的牧草和优质的奶牛使得大量的奶粉、奶酪从荷兰出口。

每到一个新的国家或城市，都会给我带来不一样的惊喜。宾馆装饰风格迥异，总会让人眼前一亮。每天自然醒后一睁眼，都会想，这是在哪个国家？哪个城市？打开窗帘，看到太阳从地平线上升起，朝阳下的异国风情瞬间让人心旷神怡。这是一种怎样的感觉，人的一生可以有多少次这样的经历呢？在这么短的时间内到过这么多的地方，不觉得辛苦劳累，反而觉得时间过得太快，来不及把美景尽收眼底。

纯净清新的空气、古老悠久的教堂、童话般幽幽的古堡、无污染的新鲜水果、文明环保的欧洲人，这些都是我的欧洲之旅中让我特别着迷又印象深刻的地方。然而，欧洲向我展示的，不仅仅是旖旎的自然景色和华美的建筑，还有对于文明、敬业、生活的思考和感触。

欧洲大部分建筑都是几百年前建成的。各种欧式风格的浮雕随处可见，虽然历经风吹雨打，仍栩栩如生，毫不掩饰其精美奢华的韵味，无论质量还是工艺，都无与伦比。不仅景点的建筑保存完好，就连街道两边的每一幢楼都是精品，甚至普通的民居或商店，内部装饰很现代，而它们的外墙依旧古老精致。这源于政府在规定房屋改造时，必须保留外墙的风格再进行内部的改造。这次在德国偶遇修理一处街道，所铺设的砖块厚度有二三十厘米，难怪百年不坏。

沿途所见，欧洲人的私家轿车大多是小排量、经济型，车身很小，主要以两厢为主。我甚至怀疑，那么大的块头，怎么钻进那么小的车里。但是，出租车都是奔驰。

欧洲每个城市都有有轨电车，交通很方便。古老的城市中蛛网遍布，在汽车拥挤的街道上看不到黑烟，基本闻不到让人窒息的汽车尾气。火车道、汽车道、自行车道、人行道，各行其道，井然有序。不见堵车、塞车现象，倒是经常可见汽车让行人、司机招手、微笑互让的情形，感觉很温暖。

帮我们开大巴的司机，每天早上都会比预定的时间提早十几分钟等候，热情地招呼我们，并将行李一件件放入车厢内。晚上入住宾馆时，又会将行李一一取出，轻拿轻放，好似放置易碎品一样。看得让人心生感激。导游说，他们的工资并不高。据说欧盟国家对司机开车也有很人性化的规定：旅游大巴司机开车满4

小时，必须休息 45 分钟，一天不得超过 8 小时，车上就有计时器，到时就熄火，给钱加时也不行。司机是拒绝收取额外费用的。这样的执行力度让人佩服。

在欧洲，商店晚上 6 点钟关门，周末不营业。很少有人愿意以牺牲私人时间、身体健康和家庭利益作为挣钱的代价，因为这些都被认为是财富的一部分。定时休假、携家旅行早已成为他们的正常生活。当然，旅行地点和旅行方式贫富有别。富人可以买游艇，在加勒比海阳光明媚的海边晒太阳，或在安静优雅的小镇买个山中别墅，不受打扰地悠闲地度过一个假期。寻常人家更喜欢南欧诸海滩。葡萄牙、西班牙、希腊、土耳其这些相对来说花费较低的国家很受欢迎。导游说："每到旅游旺季，欧洲大地上车流滚滚，男女老少皆大欢喜，都去享受度假的时光和天伦之乐了。"

出去走走，看看不同的风景，接触不同的人和事，会让自己有所感悟，内心会变得充实、豁达和感恩。

维度三

户外的享受

其进愈难而其见愈奇

对于户外徒步爱好者来说，一提起连绵十万亩的高山草甸，云山雾海宛如仙境之地，就知道是江西的武功山。作为一名爱好登山的驴友，我一直有个愿望，跟随宗师级驴友徐霞客的脚印，登顶武功山，领略令他沉醉的山川的美景，寻觅自然的奇特和心灵的洗礼。这次朋友们一声召唤，云中穿越赏奇景的徒步旅行说走就走了。

山脚下是一座茂密的山体。密林中，古木参天，绿荫如盖，不时有几声清脆的鸟鸣划过头顶。渐往高处攀登，溪水潺潺，飞瀑流泻。当我们溯溪而上，发现有一段山体垂直于眼前，勇敢的小伙伴们手脚并用，攀附着岩壁和藤蔓，小心翼翼地迂回而过。

山中的天气犹如小孩儿的脸，刚才还是阳光透过树缝，斑驳于碎石沟涧之上，转眼，黄豆般的雨滴就猛砸在树叶枝梢上，"噼里啪啦"，让人猝不及防，手忙脚乱地从背包中拿出雨衣，这边刚穿好，那边夹杂着泥浆的水流已经顺着山路倾泻而下。因没有避雨的地方，更为赶时间不能停留过久，我们只得顶着暴雨，逆着水流，淌着石头继续攀登。待到达山顶时，已是满头满脸的雨水汗水，满腿满脚都是湿漉漉的细石泥巴。

雨来得快去得也快。站在高山之巅放眼望去，碧空万里，覆盖着绿色地毯的山峦逶迤绵亘，直至天边。那圆润起伏的线条，宛如少女曼妙妩媚的身姿。岭上白云飘飘，雾气缭绕，光影中，山色变化万千，时而亮绿如翠，时而青黛如墨，阳光和云朵相互捉迷藏，让人仿佛置身在梦幻迷离的仙境中。绿草如茵的山体上，偶有青松翠柏、奇石峭峰点缀，此情此景，所有的疲惫不堪早已烟消云散。

"绝望坡"山势陡峭，崎岖的山路两边是悬崖。坡度达70度，垂直落差达到350米，膝盖需要一直弯曲才能行走。脚下乱石遍地，十分跐滑。险境和扭曲的体态，激发着我们身体的最大潜能，同时也考验着每个人心里的最大承受力。一路上，遇见有女孩撒娇不想再前行的小情侣、有哭闹着不肯挪步的青少年，更多的是和我一样精疲力竭的"自虐"者……这时，你所听到和嘴里说出的都是"加油""你能行"。

平时轻装徒步10多公里平路不在话下的我，背着重装行走15公里，上下十几个山头，接近最高峰1918.3米的金顶时，双腿绵软，已经不听使唤了。人就像虾，低头弓背，更像一只蜗牛，背着重重的壳，在山间机械地挪动。

这时，绚丽的晚霞晕红了天边，羞红脸庞的太阳躲在云间，夕阳的余晖在绵延的山间洒落一片嫣红，大自然神奇而梦幻，似乎给我注入了天地间的灵气和能量，消除了我的疲劳，激发了我的潜能。终于在晚上9点，在夜色苍茫、满天星光中到达了驿站，我的登山纪录又创了新高：历时12小时，高山徒步23公里。

我终于深刻体会到那些经历过身心折磨，从想象不到的困难和极限中走出的人，特别是创世界纪录的运动员们，站在奖台上激动哭泣，以及他们突破自我、挑战成功后所获得的强烈喜悦和自豪感。

每一座矗立的高山都述说着大自然的奥秘和沧桑，它等待着我们去攀登、去探索和征服，每个人心里也都有一座山，它孕育着能量，埋藏着坚强的信念和永不放弃的执着。老子《道德经》曰："胜人者力，自胜者强。"王安石在《游褒禅山记》中也写道："其进愈难，而其见愈奇。"登山的目的，不仅仅是亲近自然，看到奇美的风光、壮丽的山河，更是获得一种拥抱自然、不惧艰险、挑战极限后心灵的满足和超越，以及建立起更强大的战胜自我、战胜一切困难的决心和信念。

徒步徽杭古道

徽杭古道是继我国"丝绸之路""茶马古道"后的第三条著名古道。徽杭古道从徽州绩溪县伏岭镇到浙江杭州市临安区马啸乡，全长20多公里，是古时候徽商与浙商互通贸易的重要通道，保存最完整的一段是绩溪县境内的盘山石阶小道，这也是徽杭古道的精华所在。

我们一行8人的小分队一早出发，5个多小时的大巴行程，中午到达古道入口——鱼川。吃过午饭，稍事休整后，队长招呼大家收拾行装准备徒步登山。因为要在山上住宿露营，且天气预报说晚上有雷雨降温，所以睡袋、帐篷、厚实的衣物、洗漱用品、食物是必须要带的，大家的背包看起来硕大而沉重。

山路是一条坑洼斑驳的花岗岩台阶，一米多宽，依山崖绝壁而筑。一路拾级而上，我们不敢有丝毫松懈。

一段艰难行进后，开始进入山间。只见前面高峰耸立，峡谷幽深，逍遥河蜿蜒其间。涧水明亮清澈，时而奔流跌宕，时而涓细飘逸，雾气氤氲中，嶙峋的山石越发迷离。虽然向上的步履艰难，但一路上的旖旎美景抵消了登山的疲惫。我们在幽深的原始森林里畅快地呼吸，流水淙淙、奇峰林立，仿佛置身于一幅立体的山水画卷中。

古道蜿蜒坑洼，饱经岁月的风霜，每一层都在诉说着历史的艰辛，我踏着沧桑的石阶回忆着昔日往事。曾经，唐朝兵部尚书、绩溪人胡梅林带领兵工，在原先徽州人于崇山峻岭间开凿的山路上拓宽路基，修建栈道，才有了如今的徽杭古道。清朝徽商中最杰出的红顶商人胡雪岩，家境贫困，13 岁便孤独地踏上这条山路，到杭州谋生；后凭借其卓越的经商才能，开办钱庄、药庄，为官、做慈善，为后代商者塑造了"戒欺""真不二价""顾客乃养命之源"的诚信理念。古往今来，一群群徽州学子坚定地踏上古道，前往都城考取功名，其中就有从绩溪老家前往上海求学、终成一代国学大师的胡适。如今，山势嵯峨、怪石嶙峋的徽杭古道集天地之灵气、人文之内涵，让无数人崇尚痴迷，络绎不绝前来探古通幽。

四个半小时的山路走下来，终于到达了古道最高点蓝天凹。因蓝天凹地势平坦，适合露营，是驴友们驻足的驿站和扎营点。男同胞们露营，女同胞们住旅店。旅店是一个专为驴友搭建的、有着简易屋顶的旅友之家，虽然没有空调、热水，各项设施相对简陋，但大伙适应能力较强，无一抱怨。

夜晚，刚睡下没多久，屋外狂风大作，暴雨倾盆。我和同屋的几个姐妹都被惊醒了，大家不约而同地担心起露营的朋友们，不知他们的帐篷是否进雨，有没有寒冷受冻，一夜辗转。好在第二天，小伙伴们都生龙活虎，安然无恙，着实让我们虚惊了一场。

拔营下山，此时室外温度只有 4 摄氏度，完全是从桑拿房走进冰窟的感觉。大伙相互鼓励着，咬牙前行，靠着坚定的意志和同伴们的相互协助终于安全下山。我想，这就是古道所蕴含的吃苦耐劳、顽强不屈的精神吧。

如今，来徽杭古道体验户外运动的驴友每年已超过 10 万人次。驿站中，来自全国各地的驴友们在旗帜、汗衫、布条等上面签字留念，贴满了整个墙面、横梁、柱子，我们当然也在队旗上签了名，留下了坚定而执着的足迹。

有些路，如果不去启程，你永远不知道它是多么的美丽。有些风景，如果不去探索，永远无法体会它的魅力。当一路挥洒汗水，凭着坚强的毅力，感受在旅途中的累和快乐时，内心会变得强大而勇敢，内在的生命会被激发，变得愈加丰满。

没有比人更高的山

亿万年前，一座高山巍然屹立于中国的腹地——陕西渭南平原。它北临汹涌的黄河，南依脉脉秦岭，素有"奇险天下第一山"之称。千百年来，封建帝王仰天功之巍巍，常来此封禅祭天。这就是道教全真派圣地，中华五岳之最高山——西岳华山。

据《山海经》记载："太华之山，削成而四方，其高五千仞，其广十里。"海拔2183米的华山，奇妙之处在于，它是由一块完整硕大的花岗岩体构成的，如刀削一般。唐朝诗人张乔也写道："谁将倚天剑，削出倚天峰。"

以险峻称雄于世的华山，吸引了无数勇敢者去攀登和征服。对于喜欢户外登山运动的我来说，挑战华山是我的心愿。这次终于与好友梅相约，不远千里来到华山圆梦。

华山东、南、西三峰拔地而起，只有中峰顶向北打开了登山的道路，所以有"自古华山一条路"的说法。我希望在一天内拿下五座山峰，梅说，必须选择先坐索道上北峰的半山腰，再爬山，最后一座西峰索道下，这样才来得及。

当索道凌空飞架，穿行在绝壁峡谷时，眼前茂密的森林缓缓从身脚下掠过。我们仿若鸟儿，展开翅膀，向着天空翱翔。到达半山腰后，我们开始徒步。山间，古木参天，溪水清幽，青苔绿植盎然。一路伴着鸟鸣，闻着花香，不知不觉就来到海拔1614米的北峰顶，这是登临其他四峰的必经之地。因三面悬崖，只有一条山岭通向南边，山势险峻，易守难攻，所以当时解放军智取华山时，就绕过此路从绝壁登山，仿若天降神兵，一举消灭国民党的残部。

北峰向南进发，需经过"擦耳崖""苍龙岭""金锁关"。特别是坡度达45度、长度约500米的"苍龙岭"，台阶只有2尺宽，两旁就是万丈深壑，如一条巨龙直指苍天，非常险峻。

来到怪石林立的中峰，山顶青松叠翠，山花烂漫。忽然，一块巨石映入眼帘，此石立在悬崖边，似落非落，异常危险。我试着爬了上去，坐在巨石的最边缘，脚下就是万丈深渊。此刻，并没有害怕之意，反而有一种豪迈之情从胸中油然升腾。我伸手托向苍穹，耳边响起了《射雕英雄传》中《华山论剑》的旋律："问世间，是否此山最高，或者另有高处比天高。"

中峰的北面有一座云梯，高10余米。与地面垂直约90度，三条铁链悬垂下来，晃晃悠悠，好多人不敢上。我试了一下，确实很难稳定自身，不过只需手脚并用，往上登就可以。上了这个云梯就缩短了中峰到东峰的时间。

东峰南侧有一座孤峰，三面悬崖，顶上就是当年赵匡胤与陈抟博弈的下棋亭。若要下到那里，必须经过华山著名的险道"鹞子翻身"。此处是一个上凸下凹的倒坎悬崖，向下是看不见路径的。对于喜欢探险的我来说，必定是要"自虐"一下的。小心抓牢悬垂于崖壁上的铁链，虽略有摇摆，也不必害怕，用脚探索着踩进石窝就是安全的。

通往南峰的阶梯很陡、很长，似乎总也走不到头。此刻的我已经是呼吸沉重、脚步艰难。确实，3座山峰下来，身心已极度疲惫，但只能硬着头皮，一步一步往前挪。

终于来到海拔2016.8米的南峰，华山的最高峰。登上此峰，如临天界，如履浮云，众山皆在脚下，恍然觉得到了玉皇大帝的仙台。山顶视野开阔，可以俯瞰黄河平原、渭河平原。北宋名相寇准曾赋华山一诗："只有天在上，更无山与齐。举头红日近，回首白云低。"面对此情此景，刚才的劳累顿时抛至九霄云外了。我情不自禁地举起双手，拥抱这蓝天苍穹、松林云海。这路上的汗水与自虐的跋涉不就是为了体会在华山顶和天空拥抱的感觉吗！

在爬最后一座西峰时，我们穿行在密林间，呼喊着，大叫大笑着，为即将到来的胜利而喜悦，疲劳感消失得无影无踪。

来到西峰顶，刀削斧截般的山崖，体现了一种阳刚之美，最神奇的是山顶一块被拦腰截断的奇石盛景，传说这是当年沉香劈山救母时留下的遗物，虽是神话，但大自然巧夺天工的造化无不叫人拍案称奇，惊叹不已。

就在我们欣赏着光线透过云层、丝丝缕缕般射到叠嶂的山峦上、梦幻而迷人的景色时，忽然间，天空乌黑，浓云密布，暴雨就要来临。我们匆忙赶到西峰，刚乘上索道，大雨倾盆而下，电闪雷鸣中，我们飘摇在群山深谷、山林沟壑中，如同一只只雄鹰，顽强地抵御着恶劣的天气，无所畏惧地在风雨中振翅飞翔。

"没有比脚更长的路，没有比人更高的山。"华山之行，让我深刻体会到向上的路总是坎坷又崎岖。而当我们跨越了一座高山，也就超越了一个真实的自己。人生中，看似有很多事情高不可攀，困难重重，但真正难倒人的只是自己。努力过后才知道，许多事情坚持一下就过来了，不经意间回头，发现已走了很高、很远。

稻香节徒步赏秋

　　周日早上，被一阵手机闹铃声叫醒，想起今天与户外的朋友们相约，要去下蜀镇探秘古茶山，参加稻美茶香节，顿时一个鲤鱼打挺爬起，全然没有了往常的慵懒状态。

　　准时来到集合地点，群友们早已整装待发，帽子、背包、登山杖，一应俱全，个个脸上闪耀着兴奋的光芒。团长容大组了四个队：马拉松长跑10人，单车骑行20人，登山15人，徒步40人。12辆车，在这金秋十月，满城桂香的清晨，迎着灿烂的朝阳，浩浩荡荡地出发了。

　　句容下蜀镇离城区约30公里，半个多小时车程即可到达。它紧邻古都南京，北依滚滚长江，西靠律宗宝华，境内有古茶产地——武岐山，为风水绝佳的宝地，有着浓厚的文化底蕴和丰富的历史内涵。

　　我所在的登山小分队来到了句容古茶文化的发源地武岐山。早在1915年，下蜀产的"云雾茶"就在巴拿马国际博览会上获奖，至今已一百多年。那是中国茶叶首次在国际展会上崭露头角。600多年前的明代，相传刘伯温得悉下蜀武岐山这个地方为龙脉所在，遂在当地种下茶树，以"续王者之气，保大明万代伟业"。而今，帝王已逝，但600多年的老茶林依然存在。

　　我们沿着一条清幽的古道，拾级而上。林中空气清新而湿润，松柏苍翠葱茏，渲染了艳丽秋装的树叶，色彩斑斓，分外耀眼。一丛丛的茶树，掩映在高大的乔木中，绿叶依旧盎然，刚冒头的嫩绿芽苗贪婪地吮吸着清晨的甘露。一袭白衣、头顶黄冠的茶花仙子在其间随风舞动，饱满的茶果似要绽开，粒粒悬垂于枝条上。阳光透过树缝，洒落在铺满落叶的青石板上，光影中斑斑驳驳。置身云雾缭绕的山顶，遥想古人幽居山林、临泉抚琴、林中煎茶的情景，是何等的悠然自得。

　　377米的武岐山不是很高，一个小时左右，我们穿出林间，来到大路上。一眼望不到边的金色稻田，金灿灿的一片，金涛麦浪，荡漾着成熟的喜悦。令人惊奇的是，稻田中间居然有彩稻绘制成的图案，各种卡通动物、人物、文字等镶嵌其间，特别是"下蜀欢迎您"几个字硕大、苍劲。这些充满趣味的稻田艺术画，形象生动、惟妙惟肖，给我们带来了视觉上的震撼。

　　碧蓝如洗的天空，洁白飘逸的云朵，温柔爽朗的清风，吹来阵阵稻谷的香气，沁人心脾。出发前，宛如游龙的徒步队伍这时已经变成三五成群，一拨一拨的了。小伙伴们聊着天，拍着照，观着景，心情惬意欢快。我们健步如飞，一路经过麓山庵、西谢、东谢、稻梦空间等村庄，行走18公里后，终于来到了谷歌农场。

　　骑行和马拉松的小伙伴早已到达。宽阔的草地上，艳红的充气拱门显眼醒目，舞台上正演唱着喜庆的歌曲，欢快的旋律响彻云霄。草坪上的人群熙熙攘攘，一派热闹祥和的景象。会场两边摆放了很多展示柜台，趣味插画、精美瓜雕、神色俱佳的面塑等，配合着丰富多样的农家特产，让人目不暇接。

　　小伙伴们兴趣盎然，来到用稻草扎出的卡通玩偶前，开心地拍照。姐妹们更是兴奋地展开纱巾，在草地上飞舞蹦跳，平时少见的爽朗笑声，此刻肆意而洒脱，她们放飞着美丽的心情，仿佛又找回了童真。

我们需要暂时丢下手中繁忙的工作，从压抑的都市中走出来，在最美秋季登高赏景，去山野倾听鸟儿欢鸣，看田野沉甸甸的稻穗摇曳，分享农民们丰收的喜悦。寻找一切机会接近自然，感受一花一草、一树一木带给我们的感动，用心聆听风中那来自心底的声音……

难识庐山真面目

　　这次登临庐山，恰逢大雾。上山的路，陡峭又崎岖，弯道一个接着一个，让人心惊胆战。车窗外山朦胧，树朦胧，影影绰绰地在眼前飞速而过。此刻，我的脑袋已经一片模糊，不知身在何处。心下却也暗自欢喜，此情此景不正是苏轼"不识庐山真面目，只缘身在此山中"的意境吗？

　　一路摇摆中，车终于停在了海拔 1000 多米的"云中山城"——牯岭风景区。一下车，浩渺的雾气不容分说地把我拥在了怀里，满头满脸地亲吻着我的脸颊、头发，我全身浸润在水气中，整个人感觉从外而内地清馨透凉，脚步也有些飘飘然，仿佛被雾化了一般。

　　踏着云气来到了含鄱口，对面的五老峰在白茫茫的云雾间忽隐忽现，恍若老顽童一般和我捉着迷藏。当乘着高空索道往大口瀑布悠悠行进时，雾气渐渐消散了，远处的山峦清晰地映入了眼帘。极目远眺，白云如海浪般在山谷间翻涌，最高的汉阳峰傲然挺立于云海之上，一幅长长的、流动的云山雾海水墨丹青在眼前徐徐展开。我一时竟恍惚了，不知置身人间还是立于玉皇大帝的渺渺紫金阙。来到瀑布上方，刚想俯瞰太白仙人"飞流直下三千尺"的壮观景致时，水气又袭拢而来，只听闻"隆隆"的瀑声，而不见其形。下了索道，来到水瀑前，欲一睹芳容，无奈瀑水打湿了衣衫，却也只见她蒙着面纱、犹抱琵琶半遮面的娇羞模样。也好，"阴看云雾晴观水，雾自升腾水自娇"。

漫步于如琴湖畔，这里林木蓊郁，环境幽雅。湖对面的峰峦在云雾中忽隐忽现，薄雾中有曲桥通往湖心，上有亭榭，凉亭飞檐翘角，古色古香。湖中，烟气氤氲，隐约有云山楼榭倒映在静谧的湖水中，宛如神话中的仙山琼阁。过了如琴湖，一路所见，在峰岭环抱，秀奇险峻间，云雾更是变幻莫测。一会儿如仙女披着薄纱，在空中缥缈；一会儿又像骏马似蛟龙，在山间奔涌。

传说庐山名字的由来也是因着它的仙气。商初有个匡姓之人来这里问道，成仙离去后，人们就把庐山称为"神仙之庐"。晋代慧远大师也在这里创建东林寺，弘扬佛法，所以这里也成了古代帝王和文人雅士拜佛求仙、修身养性的隐逸圣地。

让庐山成为享誉世界的避暑胜地，论功劳，非英国传教士李立德莫属。他将千幢风格迥异的各国别墅依山而建，使得人居与自然巧妙地融为一体。在云雾缭绕，特别是凉爽的酷暑之际，22

度左右的年平均温度，吸引了大量国内外知名人士前来观光度假。

在这些别致的建筑中，最为有名的人文景观当属美庐别墅。整栋建筑依山而建，临水而居，一条小径依着景物迂回环绕。小径旁有块冰川遗迹的巨石，上面刻有蒋介石亲笔写的"美庐"二字。这块石刻，既是这幢别墅庭园的"点睛"之笔，也是蒋介石对宋美龄极致钟爱的证明。

那年月里的政治烟云，现在看来就像庐山的云雾一般逐渐地缥缈淡去，留存下来的，无论是美庐还是旧物，也已处处留有岁月的痕迹，不再如往昔般光鲜靓丽。"雕栏玉砌应犹在，只是朱颜改。"

风云变幻，胜败兴亡，历史应该有它公正的评论。于我而言，唯念美庐的女主人，虽然岁月更迭，年华似水，伊人不在，但宋美龄的端庄大气，骄矜妩媚，让我深深地佩服她作为一个女人所做到的极致和成功的一面。她晚年在美国的生活恬淡安静，以圣经、书画修身养性，谜一样地度过了她 106 岁的传奇一生。

庐山的云雾依旧若隐若现，远山如黛雾如烟。

冬天之美

冬天早起，似乎是一件非常困难的事情。但自打女儿上大学后，再不用每天早起为她准备早餐，整个人就轻松了许多。尤其是周末，在温暖的被窝里睡到九十点钟，早午餐一并，稍稍晃一晃，一天很快就过去了。

悠闲无事的周末，对于原本习惯忙碌的我来说，仿佛虚度了光阴，总觉得内心乏力空虚。幸运的是，姐妹们没有放弃我，硬拽着我参加她们周末的驴行。

周末一早，闹铃还没响，我就睁开了眼睛，看看窗外，路上还结着冰。想着和姐妹们已约好，这周去六朝古都南京徒步攀登明城墙，于是说起就起，动作麻利地将一切准备就绪。

从句容出发，半个小时不到，我们就来到了中山门外的城墙下。对于常到南京办事的我来说，至今也无法搞清楚，到底句容为南京的后花园，还是南京是句容的御花园。

当我们站在高高的城墙上俯瞰城外时，不由得感叹：这里虽置身都市，却远离喧嚣，犹如一幅恬静又诗意的写意画呈现在眼前。清晨的太阳，温柔地拨开云雾，一道道清冽、明朗的光线照射在月牙湖上，波光粼粼，湖面泛着令人炫目的光芒。岸边，枝干遒劲的树木，以静默的姿态伫立风中，深沉而内敛，似乎在内心酝酿着无限的希望，待春暖花开之时，厚积薄发，点染江山。河岸的对面高楼林立，掩映在青山绿水中，使得现代文明与古代遗迹相得益彰，和谐而完美。

即使是冬季，大自然也永远不会除掉盛装和失去盎然的生机。苍翠的松柏，艳丽的果实，无关季节地展现着它们的风采，肆意而任性。就在"三九四九冰上走"的天气，仍然随处可以发现令人惊喜的画面：城墙的缝隙中不时探出头来的翠绿，调皮地晃着你的眼，城墙下傲然盛开的蜡梅，朵朵绽放，清香四溢。枯枝中躲过霜打的片片红叶，毫不吝啬她的美，在风中翩翩起舞，而迎春花则早已迫不及待地对我们展露笑脸，告诉我们，春天来了。

这就是户外与空调房中的区别，这就是不睡懒觉的缘由，大自然的魅力在诱惑着我们。身着靓丽的户外服的我们，个个英姿勃发，步伐矫健，几公里的城墙徒步，不知不觉中已轻松完成。

来到城墙下的树林中，姐妹们望着满地的落叶，情不自禁地欢呼雀跃起来。她们捧着落叶轻舞飞扬，缤纷的落叶映衬着开心的笑脸，那是怎样的一种惬意和唯美的画面啊。

我喜欢这样的冬季，这些美丽的景色随时让你有种意想不到的欢愉，让你情不自禁地由内而外地生出美好的心情，这是大自然给我们的礼物，胜过貂皮的包裹、山珍海味的填充、玉器珠宝的装饰，是任何人工雕饰所赋予不了的美。

"春有百花秋有月，夏有凉风冬有雪。"周作人先生在《北京的茶食》中说："我们于日用必需的东西以外，必须还有一点无用的游戏与享乐，生活才觉得有意思。看夕阳，看秋河，看花，听雨，闻香，喝不求解渴的酒，吃不求饱的点心，这都是生活上必要的。"是啊，为什么要把美好拒之门外呢？打开门窗，打开心窗，去发现美，追求美。其实寻找美的过程，追求美的姿态本身就是美，生命之美。

骑游瓦屋山

国庆长假让人又爱又恨，望眼欲穿盼来几日休息，又被各景点人山人海的架势给吓得不想出远门。那就宅家吧，可是看着晴好的天气，适宜的温度，不出游，怎能甘心？

这难不倒喜欢户外的朋友们。好友们商议十一骑游瓦屋山，不堵车、不挤人，环保又健身。还有一个重要原因，是女儿给我买的骑行自行车还没启用，这次正好利用假期，试骑一下。

被誉为江南的小九寨沟的瓦屋山，是家乡最美的景致，山峦叠翠，风光旖旎。在如此秋高气爽、云淡风轻的季节骑行登山，锻炼赏景，再好不过。10 月 1 号，上午 8 点，我穿着靓丽的防晒衣，戴着遮阳帽，背上相机，和队友们出发了。宽阔的马路上人不多，车也少，两旁郁郁葱葱的行道树十分挺拔，如士兵，给我们行着注目礼。凉爽的晨风吹拂着脸庞，令整个身心舒畅激荡。我们一路欢快地骑行在马路上，敢和汽车比速度。公路车的车胎细，摩擦力小，骑起来特别轻松，人也显得活力迸发。

好久不骑车了，每天两点一线，不是开车就是坐办公室，感觉浑身的肌肉都要萎缩了。第一次骑行的感觉似放风，如同笼子里的小鸟，迫不及待地张开翅膀，飞奔出笼，急切地要投入大自然的怀抱。

句容到茅山约 28 公里，虽一路较为平坦，但是长途骑下来仍感觉有点吃力。由于车坐垫稍矮，腿较长，膝盖蹬不直，大腿感觉使不上劲。下车查看，发现车座较低，由于没带随车工具内六角扳手，不好调高，只好作罢。

过了茅山牌坊，就进入了瓦屋山景区，瞬间感觉来到了世外桃源。蜿蜒的山间小路，被两边葱茏的林木遮蔽，隐秘而幽静。树下植被茂密，落叶缤纷，空气中飘散着阵阵樟树的香气。放眼，山路仿佛过山车一般起伏，较陡的坡度，让第一次骑行的我看了心里直打鼓。

一个大上坡，队友们冲上去了，我使劲蹬，变档加速，快到顶了，咬牙坚持，再蹬，终于上来了，这个坡度真不小。放眼再看，一个大下坡出现了，兴奋之情早已控制不住，大叫着不带刹车地冲了下来。只感觉两边的树木飞驰，风吹着衣服"呼啦啦"作响，轮胎摩擦地面的"沙沙"声清晰可闻，太爽了！前面又一个小上坡，惯性冲上。又下坡了，冲啊！不好，前面拐弯，我赶紧刹车减速，转过后发现又是一个大上坡，由于没有惯性的冲力，上到半山腰，蹬不上了，只好下车推行。这时，才发现腿已僵硬，屁股刺痛，行走都已困难。想坐下歇一会儿，但是队友们还在前面等我，只好硬着头皮前行。

同行的一个大姐，令我敬佩，更是我的榜样。今年已经 52 岁的她，经常骑行锻炼，曾经和专业骑行队日骑行 120 公里，时速每小时接近 30 公里，这次骑到瓦屋山对她来说只是游玩。她带着我们一路骑行，一路拍照，开心无比，越是上坡越是冲在前面，给我们带来了无穷的力量和勇气。

接近中午，我们来到农庄休整。发现这里可以采摘很多果实，枣子、柿子、南瓜、栗子等，兴奋的我顾不上劳累，开始寻宝。枣林里的枣子正是成熟期，硕果累累，摘一颗放嘴里，满口脆甜。毛栗子不敢采摘，浑身都是刺。柿子、南瓜看着诱人至极，只可惜太重，不好带。放眼眺望山下，片片村庄掩映在青山绿水中，时不时炊烟缭绕，宛若仙境。如此醉人的情景，让我的身心完全放松，一种美好的心境油然而生。

第一次骑行 60 公里，居然就锲而不舍地熬下来了，暗自佩服自己的毅力。

想起了许巍的一首歌《蓝莲花》："没有什么能够阻挡你对自由的向往，天马行空的生涯，你的心了无牵挂，穿过幽暗的岁月，也曾感到彷徨，当你低头的瞬间，才发觉脚下的路，心中那自由的世界，如此的清澈高远，盛开着永不凋零的蓝莲花。"

其实，我们比自己想象中的更坚强。

林中瑜伽

    阳春三月,家乡崇明公园的河边,翠绿的柳丝摇曳婀娜,金黄的油菜花恣意绽放。蜿蜒曲折的木栈道两旁,一串串、一簇簇的金色连翘花,连成一幅幅锦缎,轻轻荡漾着盎然的春意。林间,海棠还在含羞,桃花已是夭夭,而二月兰则早已满目炫紫,静静地依偎在水杉树的身旁。

    熙暖的阳光透过高大的水杉树和茂密的香樟树缝隙,柔和地照射在草坪上。斑驳的光影,也落在了林中仨姐妹的瑜伽体式上。酷爱瑜伽的红梅姐约了惠子教练和我来到幽静的公园湖边,一同感受在清新的大自然中,瑜伽带给我们的惬意与酣畅。

    瑜伽垫上的我们,全然沐浴在杉林的负氧离子中,深深呼吸着草木的清香和花朵的芬芳。一边听惠子妹妹涓涓细流般的瑜伽引导语,一边在一招一式中舒展着肢体,充分感受人与自然的契合。"吸气,两侧伸展双臂,抬头向上,想象着去拥抱天空,仿佛自己是一只自由的小鸟,在蓝天白云下展翅飞翔。呼气,向下半蹲,来到幻影式,眼睛看向远方,你的视线将会穿过树林,看见远处一丛丛的红叶石楠正冒着鲜红的芽头,努力向上拔高,就像现在的你,脚下牢牢地生根,身体不断向上延展,朝着阳光的方向生长,将天地间的能量,源源不断地充盈到体内的每一个细胞。

接下来，我们将手臂缓缓向下，放在双脚的两侧，左腿撤退一步，来到战士一式。深呼吸，吸进身边花朵的馨香和随风飘来的清新水气，排出体内的浊气废气，打开身体的每一个毛孔，充分感受肢体的轻盈和大脑的清新，你所有的忧愁烦闷会飘然远去。"

我们缓缓地切换着各种动作，用心体会着瑜伽体式带给身体的感受：承重部位肌肉的收紧、酸疼；全身经络的拉长、延展；平衡姿势的稳定把控；等等。在坐立转合中，不断考验大脑与身体的意志力与坚韧度。随着呼吸的加深加长，林中的负氧离子被大量吸入体内，扩张着心肺的活力和血管的弹性，有力地激发着体内的潜能。慢慢地，感觉身体变得柔软、松沉和舒展。整个人更像是打开了门窗和心窗，大自然无穷的能量正渐渐注入全身的每一个细胞，除旧纳新后，内心充盈而澄净，溢满了喜悦、平和与安宁。

我喜欢瑜伽运动，特别是亲近自然的瑜伽。约上两三好友，席地而坐，赏花看草、锻炼身体。我们常常被草间盛开的不起眼的小花吸引住，趴在地上，近距离欣赏她们迎风绽放的漂亮花瓣，内心窃喜而快活。当赤着脚，轻摩细嫩的草尖时，从脚心处透出的冰凉凉、麻酥酥的感觉，有说不出的惬意。累了就躺下，让身体随意舒展，当头枕大地、仰望蓝天时，恍若躺在母亲的怀中，全身心地沉浸、陶醉在天地草木间。

现实生活中的我们，为了生存劳累而忙碌，整天穿行在钢筋混凝土之间，囿于各种繁杂和琐事中，免不了心情压抑郁闷。这时就需要适时地放松一下自己，缓一缓急促的脚步，走进自然，洗涤尘心。而林中瑜伽，便是开启了一段轻松、喜悦、优雅的旅程。

瑜伽运动，虽说是一种健身项目，但我更愿意把它看成是身体与心灵放飞的一种生活方式。可强身健体，塑造美丽的线条，也可尽情享受自然的清新、身心的宁静和舒畅。其实，瑜伽更像一门哲学，在与身体、自然、心灵的对话中，可以向内看见自己，了解心性，从而向上向善，磨炼意志，禅悟静心，澄澈灵魂。

美人谷寻幽

美人谷是个深藏闺中无人识的地方。端午节放假，户外的朋友建议去镇江的美人谷爬山，我身为本地人竟一时蒙圈，不知道在哪里。好友说，美人谷坐落在镇江高资，由巢凤山、香山、龙山、凤凰瘤、美人湖、香山湖及其上百个大小峡谷组成，总面积约1．2万亩。

我们一行7人，坐公交来到句容下蜀桥头的六里甸，再从312国道转车，经一个多小时才到达巢凤山。据说这里曾是乾隆皇帝微服下江南寻找美人的地方，我们今天有幸也来此穿越寻幽，一睹美人的芳容。

进入美人谷需要翻过巢凤山。山中林木茂密，繁盛葱郁，高大的杉树、松树、毛竹直入云霄，野茶树、杜鹃、刺柏等灌木丛密密匝匝。羊肠小路曲径通幽，奇花异草遍地都是。金针花此时正盛开，绿树丛中绽放着黄色的笑脸；雨后的地皮菜柔软水灵，挤挤挨挨；蘑菇木耳时不时出现在枯木落叶上；野菊、车前草更是随处可见。

据熟悉此地的好友说，数百年来，当地沿袭一条"铁规"，不准外人进山，即使对本地农民每年也仅开放两三个月，其他时间全面封山，由村民自发把守，山上的树木也不允许砍伐。确实，这里山中林海连着竹海，峡谷接着山湖，外来人进去后很难走出来，几乎就是一个原始森林、一处仿若世外桃源的秘境。

我们一路向上来到山顶，视野瞬间开阔起来，阳光明丽，山风习习。远远眺望，四周层峦叠嶂，云雾缭绕在群山之间。山下，清澈的水库掩映在一片葱茏的绿色中。山不高，虽没有会当凌绝顶之势，却也呈现出一派江南青山绿水的秀丽之美。

下山后，走到一片开阔之地，原来是铁炉水库。平坦的大坝一直向下延伸至湖面，湖水波光粼粼，在阳光下有些耀眼。站在水库中间的亭台中，水气和着草木的清香阵阵袭来，一种美好的情怀从心底溢出。湛蓝的天空、绵延的山脉、碧绿的湖水、多姿的草木，这幅湖光山色的旖旎画卷不就是人间仙境吗？身处其间的我，已然忘却了行走劳累之苦。

环顾美人谷，目光所到之处，群山仿佛由东向西画了一个弧圈：十里长山、五州山、香山、巢凰山、天王山、仑山，用她们那宽广的胸怀，将美丽的美人谷呵护在其中，使漂亮的美人免遭外界的烦扰，得以保持内在的宁静和雅致。

如此清幽之地让人流连。不禁想起诗人王维的《竹里馆》："独坐幽篁里，弹琴复长啸。深林人不知，明月来相照。"诗人在山林幽居的心境一目了然。虽然晚年仕途顺遂，但王维早已看透官场，将人生的重心转移到了归隐田园，过上了没有尘世喧嚣与名利羁绊的生活，无比的闲适与安逸，灵魂分外丰满富足。

心静则人静，人静则天地静，静则天地皆在心。看淡世事沧桑，内心安然无恙。无论是诗人王维、美人谷里的山民，还是心中有美好追求的人，皆乐于在大自然中寻找人生的真谛，追寻返璞归真的快乐。

水深则静，林茂则幽，山高则肃，品高乃和。

野菜之趣

几场润物细无声的春雨，悄悄浸润着大地。惊蛰的一声春雷，唤醒了孕育一冬的植物。伴随着春花的笑脸和柳枝的摇曳，春天已然来到了身边。在这春意渐浓的时节，最让我心心念念的是那些生长在田间地头、经过严冬考验的荠菜、枸杞头、马兰头等野菜，应该也被春风撩拨，春色显露了吧。

三月中旬，快速上升的气温，让我的心变得不安分起来，心下念叨，该去乡村采摘野菜了。约上爱生活的姐妹们，一部车，5个人，30多公里的车程，一会儿就到了老家的村头。

这是一条长长的河埂，宽阔的河水在阳光下闪着粼粼的光，如一条银龙，游向广袤的田野。田间，沟壑纵横，满目葱绿。春风夹着油菜花的芬芳，扑面而来，感觉浑身每一个毛孔都舒展开了，心情愉悦而陶醉。

来不及细赏春光，姐妹们匆匆拿出小铲、剪刀、小割刀，快步奔下河埂，迅速钻进林间。不一会儿，胡姐大声喊着："快来，这里有好多荠菜。"谷姐欣喜地说："哎呀，还有野雪菜哎。"确实，草丛中，荠菜雪菜冒着青青的脑袋，十分鲜嫩。姐妹们立刻忙乎开来，手中的工具上下翻飞，艳丽的身影在林间左右腾挪。

我和施姐喜欢吃枸杞头和马兰头，我俩直奔河埂那头的枸杞灌木丛。只见一蓬蓬细细的绿枝条上，刚刚冒出了一点嫩叶，还没有芽头，倒是从地底的土壤里钻出了一根根粗壮的根芽，一指长的根芽头茎肥叶嫩，甚是喜人。施姐的动作很快，头也不抬，右手如小鸡啄米一般，一根一根地掐着肥嫩健壮的马兰头，动作轻巧敏捷。只一会儿，袋中已是半满。细看，那马兰头叶片深绿，茎梗酱红，想必吸收了充足的阳光和营养。

别小看这摘野菜的活，当真是不轻松。不仅要具有孙悟空般的火眼金睛，还要有三头六臂，更要左顾右盼，猫腰前行，披荆斩棘，蹲下起身，能不累吗？

挖野菜虽然累，但兴奋的心情一定是溢于言表的。姐妹们一惊一乍的喊叫声，在静谧的林间听起来是那么欢快，"哇，好大呀！""哦，这一片都是哎！""快来，这儿好多呢！"随着喊声看过去，就会发现姐妹们脸上那熠熠生辉的表情。一心可以几用的姐妹们，不仅眼睛在寻找野菜，双手在采摘挖掘，连嘴巴也不停歇，互相逗乐打趣。

春日食春芽，吃的是美味营养。大自然馈赠的春之味，我们得到的不仅是佳肴，还有喜悦的心情。开心的时光总是飞快，当我们把后备厢塞满，一路欢声笑语往回赶时，天色渐黑，而车上的快乐，更是严重超载。

维度四

南美漫行记

巴西， 想说见你不容易

巴西很远：在地球的那一边；

巴西很近：萦绕在脑海，惦记在心间；

巴西很美：多项世界奇迹、自然文化遗产；

巴西很魅：经久不衰的足球、热辣激情的桑巴、令人垂涎的烤肉、香浓纯正的咖啡；

巴西很难：旅途较远，签证也不容易。

南美洲的巴西，拥有广阔的地域、丰饶的物产、宜人的气候、旖旎的风光，更有美丽的沙滩和性感迷人的比基尼美女，这些无不让人心驰神往。但办理巴西的签证，会有很多苛刻的条件，这让我心存顾虑，权衡再三。

路程的遥远：从中国东部起飞，需要横穿亚洲，经非洲转机，再飞越茫茫大西洋，整个航程大约 30 个小时的时间，可以说是万里迢迢。漫漫航程中，飞机左右摇晃，上下颠簸，发动机的轰鸣，以及无法躺下入睡的折磨，无不让人心烦意倦。

经济的压力：来回的机票。预订机票时间的早晚、转机次数的多少等，都会使机票的费用有差别，大概也要一万元。巴西国内机票也几百上千不等，由距离的远近和景点的多少来决定。另外还有门票、住宿、吃喝、车船等费用，所以一般经济的行程也得 3 万至 4 万元。

时间的要求：一趟行程至少需要半个月以上的假期。巴西850 多万平方公里，即使去 4~5 个经典景区，国内航班往返时间，加上游览，一般得 3~4 天一个地方。即使浅度游也得计划10 天左右。

行程的安排：一般跟团游安排比较常态化，因为地域广，时间紧，走马观花，到此一游的人很多。自由行的安排相对又有些难度，主要是语言不通，巴西以葡萄牙语为主，英语不太流行。景点的不熟、种族的混杂、治安的忧患，也造成了不太自由的行程。

但让我下定决心，不再犹豫地前往向往已久的巴西，源于美女 Y 同学。她和她老公愿意陪我一路同行，精通英语、阅历丰富的他们让我有了安全感。还有，让我心之所往、尽情畅游巴西的一个重要的原因，在于我的巴西帅哥 C 同学，不仅驻巴工作出色，更是一个巴西通，细致的行程、科学的安排、盛情的邀约，让人没有拒绝的理由。还有，让我做到说走就走、排除一切困难的就是我心中最牵挂的人——留学国外的女儿，我们约定她从美国出发，我从中国出发，一同在巴西相遇相聚，共游巴西。如此美好的旅行安排，怎不让人兴奋激动。

一切准备就绪，只等签证的办理。巴西个人旅行签证，必须在三个月之内往返。女儿放春假的时间刚确定下来，我们就决定了 3 月 2 日同步出发。于是，1 月中旬开始着手办理各自的签证。如今想来还是仓促了些。

都说巴西签证难办，网上也有诸多评论，为少走弯路，我们没有自己申请，而是多交了几百元的代办费，找了全国最大的旅行网站办理。我们料想各方面条件均可，不至于有被拒签或长时间拿不到签证的可能。谁知，真的验证并见证了一次史上最难签证的办理。

其实我们各项资料的整理还是比较快速的，我在 2 天内备好，第 3 天已上传网上。Y 同学夫妻更是直接去上海领事馆递交材料。我们均在 10 天内拿到了签证。女儿也于 1 月底将全部签证材料递交给芝加哥领事馆。估计 15 个工作日，最迟 2 月 20 日左右可以拿到，一切都很顺利。

我们购买了上海到巴西的往返机票及国内的火车票，因为越早预订，价格越优惠。订好机票后，在巴西的 C 同学在确认了我们到达的时间后，对我们的 15 天行程进行了安排：预订了巴西国内各州的往返机票，与当地旅行社签订了合同，交付了定金，各景点门票也已预约，各地酒店的住宿也预订好了。一切都在计划之中。

就在出发前的一周，Y 同学意外地发现，她和她老公的签证页贴岔了，也就是她的照片签证页贴在了她老公的护照上，她老公的签证页贴在了她的护照上。她当时就懵了，马上联系领事馆，回复道：必须重新申请办理。这让我们十分震惊，因为时间已经不允许。

C 同学指示，马上发邮件给领事馆，说明情况并预约，明天一早你们亲自到上海领事馆，告知出发时间，要求以最快速度解决，还发来他在巴西的所有材料证明，告知带上。

Y 同学几乎一夜没睡，连夜整理了一封言辞恳切、令人动容的邮件，发送到巴西驻上海领事馆的邮箱，又随即购买了南京到上海的动车车票，第二天天没亮就动身赶往上海，等领馆一开门就进去理论，甚至做好了吵架的准备。

谁知，更令人担忧的是女儿的签证也没有批下来，网上查看还没有通过，但明确显示已有 2 个红灯的提醒了。意思是早已过了审批期限，还没有审批。我心里着急，催促她赶紧发邮件询问，实在不行，就到芝加哥领事馆当面查询，亲自去拿。

C 同学调侃我们说，我已全部安排妥当，就连景区内的小火车票都订好了，过几天准备迎接贵客了，突然发现 4 个人当中，只有一个人有签证可以前往巴西。

由于是巴西领事馆工作失误造成的签证作废，Y 同学当面和签证中心交涉，和领事馆沟通后，领事馆最终答应以最快时间办理。Y 同学坚持在上海住了一晚，硬是在第二天等到了签证才安心返回。

女儿和领事馆的沟通很不顺利，尽管来去 6 封邮件，然而巴西驻美领事馆人员回复正在办理，全然没有理会超期一事，也不允许上门领取签证，坚持办理好会通过邮局寄出。这样的结果是令人沮丧的，不知道哪天可以拿到，是否可以如期，并且女儿正在紧张地备考，实在抽不出时间亲自去领事馆。

离飞机起飞还有一天的时间，女儿仍然没有签证办好的消息，我已经快崩溃了。令我惊讶的是女儿的镇定和智慧，她的第一个方案：考完试，连夜租车，开往 350 公里远的芝加哥领事馆拿签证，不管是否同意，决定试一下，拿到就立马开车赶往 450 多公里外的底特律乘机。第二个方案：拿不到，如果寄出，需要一天时间，就改签机票，延迟一天到达。

美国的东北部，一年中有半年的时间在下雪。暴雪肆虐的晚上，女儿匆匆收拾行李，租了一辆福特小汽车出发了。市区 20 分钟的路程开了近一个小时，轮胎打滑，还下来请人推车，350 公里的高速，风雪弥漫。在没有防滑胎的情况下，她小心翼翼地开了 7 个小时，凌晨到达芝加哥。在宾馆小憩时忽然发现，办理签证邮寄的跟踪有了新提示，表示签证已经寄出，显示中午会到达，立马联系邮局，告知不要分送，不能再耽误时间，邮局答应可以自取。于是她来不及休息，又 350 公里风雪兼程地往回赶。终于如愿拿到签证，随即赶往 130 多公里外的底特律机场。待还回租赁的车辆，办理登记手续时，离飞机起飞只有半小时了。

南美巴西，很难，很美，想说见你，不容易。

无与伦比的里约

巴西的几大城市中，我最喜欢里约热内卢，它是巴西最具风情、最迷人的城市。

来里约必然要去拜访这里的标志性建筑，也是巴西和南美洲的标志性建筑——耶稣像。这座塑像矗立在 710 米高的耶稣山上，他张开双臂，庄严而慈祥地拥抱俯瞰着整个里约，从城市的每一个角落也都能看到耶稣神像独立山巅，他是生活在这块土地上的人们的保护神。不仅是里约人，连世界各地的基督徒们都对他顶礼膜拜。

在耶稣山顶极目远眺，蓝色的大西洋与碧蓝的天空相连，海天一色，山峦起伏。不远处，一座拔地而起的直立的椭圆形山体，奇特醒目，这就是著名的景点——面包山。山下，是依山傍水的各色建筑，错落有致，鳞次栉比。

我们乘索道来到了面包山顶，这山虽然不高，但能一览无余地欣赏四周的海景。著名的科帕卡巴纳海滩展现在眼前，洁白的沙滩如同一条白色的缎带，依着美丽的瓜纳巴拉海湾，划出了一道靓丽的弧线。波光粼粼的海面，白帆点点。里约最小的海上机场上，飞机起起落落。

科帕卡巴纳海滩举世闻名，100 多米宽的海滩，沙白细腻，绵软舒适，海滩与城市相连的是一条宽阔的海滨大道。用黑白小石头镶拼成波浪形图案的海滨大道，顺着海滩走势向前蜿蜒伸展，高大挺拔的棕榈树屹立在人行道旁，伴着习习海风婆娑起舞。海滨大道的另一边则林立着一幢幢风格迥异、无比豪华的现代化建筑，与旖旎的海滨风光和谐地融为一体，相得益彰。

科帕卡巴纳海滩的日出是梦幻迷人的。当清晨的第一缕阳光还未露出海平面时，我已悄悄地来到海滩和大海约会了。此刻的科帕海滩笼罩在一层薄薄的雾纱中，宁静而神秘。灰蓝的天空和海面融为一体，朦朦胧胧。大海似乎还没醒来，轻轻地打着酣。慢慢地，一缕橘色的光亮出现在远处的山峦间，渐渐地延展、扩大，颜色也越发地鲜亮起来，如一条绣着金边的橘红色缎带，轻柔地舞动在天边。连绵的云海，仿佛火焰山一样，不断涌动着热力。

忽然，一轮耀眼的光芒射出了云端，大地瞬间披上了金色的外衣，海面泛起粼粼的波光，大海被阳光拥抱着，海浪欢腾了，唱起了轻快的晨曲。渐渐地，白云换上了轻柔的薄纱，遮住了明

亮的光线，在蓝天的映衬下，丝丝缕缕，灵动飘逸，随着风和云优美华尔兹的翩翩舞步，光影瞬息万变，天地间梦幻一片，充满了神秘的色调。

我迎着朝阳，赤脚奔向了大海的怀抱，与海共舞，任海水轻柔地亲吻着脚踝，又恋恋不舍地退去，一波又一波，无限眷恋。

海滩渐渐热闹了起来，喜欢运动的人们开始跑步、遛狗、踢球、冲浪，海滩上撑起了五彩缤纷的太阳伞，身着五颜六色比基尼的美女穿过海滨大道，来到海滩散步、戏水，享受日光浴。周末的海滩热闹非凡，人声鼎沸，万头攒动，简直成了人的海洋。

海滩对于里约人来说，已不是难得休闲的场所，而是他们生活的全部，相当于歌舞厅、酒吧、餐厅、书吧、运动场及谈恋爱、谈生意的场所，无所不能，它已深入里约人的灵魂。

夜晚的海滩让人迷醉。一家家露天酒吧坐落在海滨大道一侧，灯火辉煌，音乐声此起彼伏，人们三三两两抑或三五成群地在一起喝酒、聊天。我们随意挑选了一家，点了些海鲜和饮料。坐在大海边，吹着阵阵海风，听潮起潮落的海浪声，伴着热情洋溢的桑巴舞曲，喝着当地产的混合着朗姆酒的冰柠檬饮料卡布里那，惬意舒畅。当看着吧台内的老板娘一边倒酒，一边和着音乐扭动着身躯时，平时矜持内敛的我没能忍住，也跟着她手舞足蹈，同伴们也开始嬉闹了起来。

就在我们尽情享受海滨浪漫的夜晚时，过来了两个黑黝黝的小男孩，十岁左右，稚气的脸上带着无所畏惧的神情，指着我们桌上没有用完的海鲜嘟哝着，巴西同伴随即应答了一句葡语，估计是表示同意，于是两个男孩端起盘子走到另一空桌上，挑拣着自己喜欢的海鲜放入餐盒中，随即消失在不远处的一家酒吧。

我们很好奇，也跟着来到了这家酒吧，发现这里异常热闹，有几十号人围着中间一个舞台，四五个并不年轻貌美的女人，随着激情的桑巴舞曲，扭动着臀部，动作狂野奔放。男人们边喝酒边开怀大笑，周围的人们无不随着旋律兴奋地舞动，场面热烈。

如果我们白天去森林公园游览时没有误入贫民窟，没有目睹房屋的破烂溃旧，以及警察真枪实弹勒令禁行的严厉态度，我是无论如何不能想象，如天堂般美好的城市，居然还有这般穷苦肮脏的贫民窟存在。没有丝毫的穷困潦倒感，他们毫不掩饰地展露着人性的本色，他们爆发出的热情与奔放看上去绝不是表演。

我的思绪一片混沌，实在无法把这里的美和丑、正义与邪恶、贫穷和富有融合在一起思考。但是，在里约这样的夜晚，在充满了激情和热烈的欢快气氛中，我可以感受得到，政府和人民对于个体人格的一视同仁，不存在歧视，完全不分种族、贫富、地位，一样可以公平地分享着大自然所赐予的阳光、海浪、沙滩和优美的海景，享受着政府所给予的最低的生活保障。他们的快乐是发自内心的，安定的。我想，幸福不过如此吧。

伊瓜苏冲瀑

当发源于巴西境内的伊瓜苏河，经长途跋涉，一路召集了几十条支流，悠悠荡荡，不急不缓地准备奔赴巴拉那母亲河时，在与阿根廷交界处遭遇了这一生最大的坎坷，遇到了断层。对于长度只有 1320 米，名不见经传的伊瓜苏河来说，这是它生命中的转折点，是机遇也是挑战，它爆发了前所未有的激情，没有丝毫犹豫，奋力跳下了悬崖，这义无反顾的纵身一跃完成了它华丽的蜕变，"世界第一宽瀑布"的桂冠，从此让它从平庸走向了辉煌。

伊瓜苏国家公园门口的墙壁上有联合国教科文组织颁布的世界自然遗产的标识。我们乘坐着色彩艳丽的景区大巴，沿着绿荫大道，驶向伊瓜苏瀑布群。公园里，碧蓝的天空、葱郁的森林、清新的空气让人舒爽惬意，路边不时跳出的小鹿和果子狸也让我们惊喜连连，一派原始状态下自然和谐的景象。

远远的，水瀑声传入耳内，那是水流撞击河床发出的旋律，低沉有力，连绵不绝。不一会儿就来到雨林边，我们下了车，沿着热带雨林中的山路前行。空气中渐渐有雾气飘散开来，深吸一口，透心舒爽。密林中，植被长势繁茂，鲜亮润泽。峰回路转，一帘白色布幕从天而降，人群一阵欢呼，这是一道垂挂于峭壁之上的瀑布，在绿树掩映的山谷中，神秘动人，仿佛要上演一幕绿野仙踪的童话剧。移步换景下，又出现了好几幕宽宽窄窄的水瀑，水波层层叠叠，水流湍急跌宕。

我们沿着4公里长的马蹄形的瀑布一路观赏着，发现这坚硬的玄武岩断层将庞大的水流分割成了约两百条大大小小不等的瀑布群，错落有致。大的有几百米宽，汹涌澎湃，气势非凡，小的只有几米宽，像丝带，飘逸潇洒，婀娜多姿。

不知不觉中，来到产生巨响的"魔鬼喉"地区。在接近巨瀑十几米远的前方，有一座栈桥，面对着瀑布，被烟瀑笼罩着，细雨蒙蒙。上面有很多人，我们也没有顾上穿雨披，就兴奋地跑了上去，和瀑布来了一个大大的拥抱。亲密接触后才发现，远看的雾状水气，近处却是粒状的雨滴。瀑布不由分说，一股脑地把我们从头到脚淋得湿透，有种酣畅淋漓的痛快。我们在瀑布的怀抱中尽情地奔跑、雀跃，涤荡心脾的畅快飘散开来。

"魔鬼喉"是伊瓜苏瀑布群中水流最大最急的瀑布，因河床在这里突然拐弯并下陷，使得之前汇集的超级能量在这里瞬间喷发，落差有70~80米的高度，气势震撼，所以称作"魔鬼喉"。

来到瀑布跟前，抬头仰望，只见巨大的水瀑翻下悬崖，以铺天盖地的磅礴气势狂泻而下，其声势之浩大，如万马奔腾。冲下的巨浪溅起的水雾完全淹没了瀑布的高度，深不可测，估计一辆汽车掉下去，立马就会无影无踪。瀑布声震天，如雷贯耳。它肆虐地呼啸着，周围的一切似乎都在颤抖，我的心脏也紧张得阵阵收缩。瀑布旋下的狂风，裹挟着水珠打在脸上和身上，如弹珠，疼得人龇牙咧嘴。岩下的河水波涛汹涌，惊涛拍岸，翻滚在大峡谷里的水浪，一路欢腾跳跃，直奔向母亲巴拉那河。

当站在最高处俯瞰这一恢宏场面时，忽然，从巨浪的底部向空中挂起了一条绚丽的七色彩虹，横跨了整个"U"形瀑群。我瞪大了眼睛，惊讶得不敢相信，直到人群爆发了一阵欢呼时，才明白是真的发生了。这是我迄今为止见过的最为壮观的彩虹。自然的杰作，带给我美的震撼。难怪伊瓜苏瀑布可以称为南美第一、世界第七大自然奇观。

当然，最为惊险和刺激的还是"冲瀑"。我们换乘了敞篷车，穿过热带雨林，来到"魔鬼喉"下游的瀑布群码头。当想着将要进入瀑布底下，接受瀑布的冲刷和洗礼时，内心不免有些害怕，哆哆嗦嗦地换上了泳衣，戴上了泳镜。在套上了救生衣后，还是毅然决然地上了橡皮艇。艇上安装了警灯，有一名船长，一名救生员。一艘橡皮艇乘坐 12 名游客，除了我们四个中国游客外，大多是欧美人，当看着我旁边的两位男士像模像样地穿着雨披时，我暗自发笑，穿啥都没用，照样变成落汤鸡。

蓝天碧水，白云悠悠，小皮划艇开足了马力驶向前方，轰鸣声吓得调皮的猴子躲进了两岸的丛林中，偷偷地观望。热情开朗的巴西船长将皮划艇开得左右倾倒，水花四溅，引得我们哈哈大笑，心情也放松了很多。不一会儿，前方发现了瀑布，正发出雷鸣般的咆哮，如战鼓阵阵，看来已开始了对我们的宣战。

接近瀑布后，头顶数十米高的如白色城墙一样的瀑布汹涌喷发着，激起的巨大的水雾把我们整个罩住了。皮划艇箭一般地射到了瀑布的下方，我还没来得及看清楚瀑布的容颜，就被直流而下的水柱冲得抬不起头来。我顿时浑身湿透，头顶的水流迅速顺着手臂、脖颈流入胸背，冰凉的瀑水直透心扉。正准备大叫，皮划艇急速地驶离了瀑布，人群爆发出开心的大笑，原来调皮的船长给我们来了个浅尝辄止。

船长的技艺非常娴熟，一会儿船头，一会儿船尾，一会儿侧身地接近瀑布，这边还没缓过气来，那边又惊魂未定地冲了进去。引得大家阵阵尖叫，皮划艇在飞流激起的浪涌中高低起伏。当船长看见两个美国人居然嘚瑟地拿出他们的防水相机，淋着瀑布在拍照时，脸上拂过一丝暗笑。皮划艇再一次冲进了瀑布，这次不是水柱而是像沙包、像棍棒一样重重地砸在头上、背上，感觉脑袋快要被砸晕，身上似乎有被钝器击打的疼痛，而呼吸也变得十分困难。我咧着大嘴，狼狈地左顾右盼，发觉船上的人个个抱头鼠窜，哇哇的叫喊声和着瀑布的嘶吼声强烈地震动着我的耳膜。

好在皮划艇瞬间又逃出了瀑布，但大家还在不停地尖叫，估计只有在歇斯底里的状态中才能发泄出心中所有的惊恐、兴奋、疼痛、快意，呼喊出人与自然相拥的畅快感受吧。

这次深度冲瀑，让我感受到了大自然的不可小觑，稍不注意小艇就会被卷进瀑布，就会有沉船落水的危险。如今想想，有些后怕。人类在自然面前实在是太渺小了，自然界有着让人敬畏和不可抗拒的力量。

如此壮美、令人震撼的场景，让我的内心受到了一次不同寻常的洗礼，冲刷掉了心中所有的烦恼、忧郁、喧嚣和尘埃，我感受到了一种无法言喻的、难得的空灵与舒爽，整个人似乎都轻快、愉悦了。我想，这就是伊瓜苏瀑布送给我的最大的礼物吧。

畅游潘塔纳尔湿地

巴西的潘塔纳尔是世界上最大的一片湿地，有 20 多万平方公里，且跨界延伸到玻利维亚和巴拉圭境内。因含水量巨大，被称为"地球之肾"。我们飞越半个地球，来到这里，停留的一周中，有幸与 3500 多种植物、400 多种鱼类、650 多种鸟类和谐共处，被 100 多种哺乳动物、170 多种爬行动物包围，与上千万只四处游动、随处可见的鳄鱼们朝夕面对。这将是怎样的一种奇妙境遇呢？

温馨而独特的酒店

潘塔纳尔湿地中的度假酒店，不奢华却温馨舒适，客房不多，二十几间，原木结构，冬暖夏凉。房前屋后绿草如茵，种有芭蕉、木瓜等很多树种。红色的三角梅艳艳地点缀在酒店周围。室外碧蓝的泳池、休闲的沙滩椅、茂密的棕榈树，充满了热带雨林的风情。客房廊下的立柱间挂满了各种靓丽的棉质吊床，可以悠悠地躺在上面，闭眼小憩，也可以在夜晚吹着凉风，数星星。

每天清晨，被鸟儿宛转悠扬的晨曲唤醒。那是一连串"叽叽喳喳"的鸟鸣，清脆悦耳，密集欢快，声音中不时夹杂着几声高亢的"嘎嘎"声，辽阔高远。间或还能听到几声"哞哞"的牛叫和一两声的马鸣。这支交响乐恐怕是我听过的自然界中最优美动人的旋律。

沼泽地里遛马畅游

骑着马儿在一望无际的沼泽地里穿行，新颖而奇特。天空湛蓝纯净，大朵白云镶嵌其间，整个穹顶仿佛一幅巨大的立体布幕，悬垂天边。远处的沼泽地里，几株茂密的大树巍然伫立，枝干遒劲，四五匹马儿在树下低头吃草，悠闲自在，周围一片沉寂。此情此景，让我想起了马尔克斯《百年孤独》里远古而荒蛮的气息。

此时正是潘塔纳尔的夏秋之交，雨季还没结束，整个湿地有百分之八十的面积已经被水淹没，一眼望去，四周密布了大小不一、形状各异的湖泊和河流。很多呆萌的鳄鱼，横七竖八地躺在路上，支棱着脑袋，眯缝着双眼晒太阳，当我们的马蹄快要踢中它下巴的时候，才极不情愿地"刺溜"一下钻到了河塘里。

沼泽地看不见深浅，当水淹没到马肚子的时候，很害怕马失前蹄，一头栽进淤泥里。当然，马是通人性的，它带领着我，不偏不倚地在正确的路线上前行。

我骑的这匹马高大又威武，"嘚嘚"的马蹄声和踩水的"嗒嗒"声坚强而有力。马儿很兴奋，总想带着我奔跑，而我心中仿佛也溢满了征服者的勇气，恨不得策马扬鞭，驰骋原野。现在，我终于体会到，为什么欧洲那些载入史册的雕塑作品中，战斗英雄多是跨着骏马展现英雄勃发的豪气的。

观鸟是一种享受

一路上遇见了很多大小不一、颜色亮丽的鸟儿。有的密集在草丛里，伸着灵活的小脑袋东张西望，一有响动便瞬间起飞，划破寂静的天空，飞向远处；有的伸着大长腿，一摇一摆、不慌不忙地闲庭信步，人走到面前，才慢吞吞地让个道；白鹭鸟静静地待着，独自欣赏着陌上花开；还有的如鹰一般的大鸟，高高在上，独立枝头，时不时亮起一嗓子，刷一下存在感。

我最喜欢的是巴西特有的、别具特色的大嘴鸟，橙黄的大嘴占据了整个身体的一半长度，阳光下通体透明。它们喜欢在潘塔纳尔高大的树木间穿梭，我一眼就能发现它，只因那靓丽的萌化了的大嘴。

世界上最小的蜂鸟也会见到，在库亚巴酒店室外餐厅的灌木树丛间，我们发现了一只蜂鸟在花间飞舞，飞着飞着，忽然停在了半空，快速扇动的翅膀，几乎看不见。很奇怪的是，它不仅能立住不动，还会往后退，估计是在找准位置，然后迅速地刺进花蕊间。它那独特的飞行技艺，让我惊诧不已。

鹦鹉园里，各种色彩鲜活的鹦鹉在大片棕榈树间欢腾嬉戏。蓝鹦鹉浑身湛蓝，毛色鲜亮，据说黑市价格一只已过一万美金。金刚鹦鹉最引人注目，它们的羽毛花色明艳，骨碌碌转动的大眼睛，圆勾勾的大嘴，模样顽皮可爱。有的鹦鹉站在高高的棕榈树上，特立独行，威风凛凛，有的则三五成群，相互追逐嬉闹，好不快活。

夜晚寻觅野生动物

最刺激的是夜晚寻觅野生动物的探险之行。我们乘坐一辆敞篷的大皮卡在暮色中出发了。两个导游拿出了大功率的探照灯，分别站在车前两边，不停地向路两边扫射。白天，炙热的空气随着夜晚的来临变得凉爽起来。随着卡车向湿地深处行进，周围漆黑一片，只有车灯、探照灯穿透夜幕，在路面与前方的黑暗处不断晃动。湿地越来越深，夜越来越静，当路边出现"前方有野兽出没，请小心"的路牌时，我们的心瞬间紧张起来。

突然，一个导游拍了一下驾驶室车顶，车忽地停了下来，我的心也跳到了嗓子眼。探照灯指向了远处的林间，一只大尾巴的像熊一样的动物的后尾部在探照灯中晃悠了一下，钻进了草丛中。导游告诉我们那是一只大食蚁兽，它的特点是嘴细长如锥，捕食时用它长嘴前端的鼻子，嗅出白蚁的气味后，便动用前爪刨开蚁巢面上的封泥，长嘴直向白蚁窝伸去。当白蚁惊慌逃窜时，食蚁兽就会伸出它那长约三十厘米、分布着大量黏液的舌头，粘连吸食白蚁。

车继续行驶，不一会儿，猛地又停了下来，寻灯望去，发现了像猪一样的动物。导游说，这叫巴西貘，深棕色毛发，喜欢夜间活动，以水生植物为主要食物。它的特别之处，是可以巧妙地运用它的长鼻子来卷摘食物。

车辆行进中，导游用探照灯指着路边深处的水塘让我们看，灯光下无数的红眼在闪闪发光。他小声地告诉我们，这就是水中既神秘又危险的杀手——鳄鱼的眼睛。潘塔纳尔湿地中最不缺的就是这种凯门鳄，2亿年前一直生活在水中的黑色幽灵，因潘塔纳尔湿地食物充足，雨季水量丰沛，又没有捕杀的危险，所以繁殖率很高。目前，这里大约栖息着 1000 多万只鳄鱼，每到雨季，它们四处游动，到了旱季，它们会聚集在水塘里。难怪这里无论在水中还是在陆地上都可以看到鳄鱼的身影，这里是它们的天堂。

我心心念念想着一睹美洲豹矫健的身影，但导游说现在季节不对，一般在旱季才会遇见。现在是湿季，植被茂密，不容易发现，且它异常敏捷，善于藏匿，说不定就在我们附近。

这时才猛然惊觉，我们似乎被一群虎视眈眈的幽灵们包围着。它们悄无声息，警觉地看着我们。一旦发现危险，是迅速撤离还是强烈攻击，我不得而知。这样没有任何保护而近距离和野生动物接触，对我来说还是第一次。奇怪的是，我非但没有害怕，反倒兴奋和激动，有种想招呼它们的冲动，但又怕惊扰了这些大自然的精灵。

丛林中徒步冒险

导游马克说要带我们去森林里徒步冒险，并关照我们要注意防晒、防蚊虫。我穿上了唯一一套长袖衣裤，在浑身喷满了防蚊液后，跟随导游出发了。五个人的小分队中，只有导游穿戴严实，一副野外穿越的行头，而我们四个游客，倒像是去逛街，一副休闲打扮。

湿地中很少有大片茂密的森林，但这里例外。进入林间，瞬间凉爽起来，几缕阳光穿透树缝，从高耸的古木间洒下，光影朦胧中，仿佛进入了迷幻世界。四周寂静，偶有鸟鸣，能听见的就是脚下踩着落叶的"沙沙"声。

忽然发觉头顶有"嗖嗖"的声音，感觉像树枝在晃动，抬头循声看去，密密的枝叶间，有几只猴子在树木间跳跃攀爬，有的蹲在树上，灵活地剥着像细甘蔗似的植物的果皮，咬着多汁的内芯。有的采摘着树上的果实，迫不及待地塞进嘴里，这边还没吃完，那边又蹿去别的枝上。不一会儿就听见有东西"啪嗒啪嗒"掉落地上，黑黑的圆形状，仔细查看，是被猴子扔下的还残留着果肉的果核。

白蚁无处不在，它们排成一溜条，从树根深入大树的树皮，进入树干，直至掏空整个树心，短短的时间即可将百年大树、千年大树一下掏空。地上的黑色蚂蚁足有我所见过的蚂蚁的十倍。不用放大镜就可以看到它们搬运超过它们身躯若干倍的枝条或食物，更让人觉得恐怖的是它们无孔不入。同行的 Y 同学估计踩到了蚂蚁链上，停顿的时间稍长，黑色的蚂蚁便顺着她的鞋帮，钻进了裤脚，沿着小腿往上爬。她觉着奇痒，用手去拍裤子，蚂蚁被刺激到，在她大腿上狠狠地咬了一口。她忍不住大喊大叫，我们也被惊到了，回头迅速帮她处理，好在清掉了蚂蚁，问题不大了。终于知道，为什么导游会将腿部绑扎严实，野外探险不可小觑。

峡谷间潜水浮游

我们来到潘塔纳尔的北部入口，一个有着巨大断崖和细长瀑布的峡谷。上到山顶俯瞰，断崖宽阔而陡峭，有着 180 度的弧度，深不可测。一条细长的瀑布，从岩顶垂直而下，雾气氤氲，似蒙着一块柔白面纱的少女。不时有成群结队的蓝鹦鹉、金刚鹦鹉在神奇而隐秘的热带峡谷中飞行，"嘎嘎"的声响回荡在山谷。这里辽远旷达，人迹罕见，恍如魔幻仙境。

开车下到峡谷，来到一座庄园前。大门没有人看守，只有门边一只手掌大小、厚实的密码板，每一个数字都可以活动。导游根据事先约定的密码，捣鼓了一下，门开了。这样的自助方式我还是第一次看到。

我们沿着木栈道来到了湖边，接待我们的是一名巴西少女。

她肤色黝黑，身材结实，细腰丰臀。在关照我们换好泳衣穿上救生衣，戴上帽子和呼吸嘴后，她把我们领到了一个小湖塘。阳光透过树缝，丝丝缕缕射进湖底，使得碧绿的湖水仿佛一块透明的宝玉，通透润泽。

第一次浮潜，有点胆怯，好在水中间有一棵大树可以攀附。我看着同伴们自如地漂在水面，心中羡慕，于是尝试着把头埋进水里，用吸管吸气呼气。试了几次，感觉顺畅，便不再有恐惧感，慢慢地将身体浮了起来。水下清澈透亮，有很多大鱼游来游去。

看我们游得顺畅，少女又领着我们来到一条约 10 米宽的清澈河流边，说可以从这儿开始，浮潜 2 公里后集合，我们顿时欢呼起来。河两岸清幽静谧，林木葱茏，偶有鸟鸣穿过林间，仿如秘境。河水并不深，埋头即可看见河底细密的白沙，摇曳的水草。千姿百态的水生植物，形态各异，色彩斑斓。令人欣喜的是有许多靓丽的热带鱼穿梭在眼前。水底蠕动着大个鳊鱼，形似多宝鱼，尾部拖着长长的刺。所有的动植物都在各自的领域怡然自得，并不介意我们的到来。

潘塔纳尔湿地的物种丰富，动植物密集，有着天然无雕饰的神采。但因为人类的狩猎、砍伐、火耕、贩卖野生动物等，潘塔纳尔正面临着史上最严重的生态危机，很多动植物已经被列入《世界自然保护联盟》2012 濒危红色名录。

保护这一方人间净土，迫在眉睫。

神奇的亚马孙雨林

　　浩瀚浓密的亚马孙雨林似一张巨大而又厚实的绿绒毯，浮雕般镶嵌在南美洲北部广袤的大地上。其间，浩浩荡荡、千回百转的亚马孙河蜿蜒贯穿于北部平原，宛如一位花样体操少女，舞动着一根细长的白色绸缎，轻舞飞扬地在绿绒毯上划出了一道弯弯曲曲、迤逦优美的弧线；又好像一位绝世书法家运用手中的巨毫，挥洒出一副荡气回肠的狂草，飘逸在一望无垠的天地间。

　　我们从巴西东南部最繁华的都市圣保罗出发，经过 4 个多小时的航程，终于到达了亚马孙州的州府——"森林城市"玛瑙斯的上空，神秘的雨林正张开它博大的胸怀，迎接我们的到来。

　　占地 700 万平方公里、横跨 8 个国家的亚马孙热带雨林，87% 的面积在巴西。作为世界上最大的热带雨林，它承载了全球十分之一的氧气供给量，调节了全球气候与生态的平衡，因而又被称为"地球之肺"。这里的动植物资源也占全球之首，据专家测算，世界上约有五分之一的生物种类居住在这里，而植物和鸟类几乎占有一半，还有大量的野生动物和珍稀动物在这里栖息。

　　这次飞越半个地球来到亚马孙雨林，万里迢迢邂逅的这片神秘土地，带给了我意想不到的惊喜，那种最原始、野性、自然、远离尘世的美，深深震撼了我。

倔强的河水

玛瑙斯所处的亚马孙河流域是由尼格罗河和索里芒斯河两条河流汇集而成。我们的快艇来到两河交界处，大家惊讶地发现，尼格罗河的深咖色和索里芒斯河的黄白色相遇却不相容，形成了一条明显的分界线，仿佛太极的黑白鱼形图。只见两边河水相互冲撞着、翻卷着、拉扯着，甚至变成了锯齿形，就是不融合。导游说因为两河的流速、温度，以及内含物质的不同，造成颜色、密度有很大差异。但是，别担心，当它们别扭着并肩下行时，经过时间和距离的磨合，慢慢地会在六七公里的地方相互妥协，最终融为一体。

奇妙的生物

由于亚马孙河时常泛滥，汹涌的河水有时会上涨 2～3 米，所以修建的雨林栈道约有 3 米高、1 米宽，曲曲折折地通往密林深处。我们走在高高的栈道上，湿润的夹杂着草木清香的空气弥漫在丛林中，呼吸着充满负氧离子的空气，心情格外舒畅。头顶不时有"嘎嘎"的鸟鸣声，以及金刚鹦鹉靓丽的身影划过。林中，参天大树盘根错节，巍然耸立，有些高大的树木上爬满了藤蔓、青苔，粗壮的树干上点缀了很多奇形怪状的鸟窝和蚁穴；树下厚厚的落叶，一层摞一层，满是岁月的痕迹。行进间，发现一棵上千年的古木形状怪异，根部像八爪鱼的脚向四周伸展，紧紧地嵌入泥土中，树干粗壮，估计十个人围不过来，整棵树直插云间。我使劲仰头，撑圆了双眼也无法估算树有多高。奇怪的是，从根部向上约 3 米这一段，颜色明显发黑，再往上是灰白色。导游解释说，树干上的分界线是雨林泛滥的水印。这样的大树，在亚马孙雨林非常多。

在丛林的一汪水塘边，见到了我一直期盼的大王莲，这是亚马孙雨林特有的水生植物。满池的大王莲一片挨着一片，端坐在水面，圆盘似的莲叶硕大厚实，颜色碧绿，翘起的边缘露着棕红色的背面。大的叶片直径约2米，平铺在水面。小的如碗口，卷曲的叶子正慢慢像花一样舒展开来。水中仅有两朵粉紫色的花，一朵已经谢了，边缘的花瓣垂落水面，但依旧楚楚动人；小的花苞还未开放，直楞楞地探着小脑袋，依偎在莲叶旁。导游说，现在是夏秋之交，过了大王莲生长最旺盛、开花最美的夏天。极盛时，叶片直径可达3米多，60多公斤的成人坐在上面没有问题。

越往深处走，越发地幽静，置身在这神奇的动物王国的腹地，我似乎感受到了雨林的心跳，听见了生灵们在窃窃私语，我仿佛也变成了一个小小的精灵，飞在它们中间。我恍若看见众多艳丽的鹦鹉在树梢上开会，好不热闹；成群的猴子在林间肆意跳跃，荡着秋千；如树包一样的树懒在大口吞食着树叶；优雅敏捷的丛林之王——美洲虎在追逐打闹；还有密密麻麻的白蚁疯狂地咀嚼粗壮的树根；食人鱼张着满嘴的獠牙，大口吞噬着水中的鱼儿……这里所有的生灵，都共同遵循着大自然的生存法则，在浩瀚的雨林中和谐共处，生长繁衍。

调皮的河豚

粉色河豚是世界上体型最大的淡水河豚，因为亚马孙河水量大，且经常泛滥，使得水中营养丰富，鱼类等水生物繁多，浑浊的河流是粉色河豚生存的理想家园。

我们乘快艇来到亚马孙河流上游一处僻静的河畔，这里住着一户水上人家，背靠茂密的雨林，面向茫茫水域，环境清幽，如同世外桃源。听说我们来看粉色河豚，男主人非常客气，给我们介绍说，河豚非常聪明，通人性。他们世代生活在这里，和它们相处融洽，如同家人孩子一般。目前，粉色河豚已经非常稀少，几乎找不到它们了。

我们穿好救生衣，来到河中。只见男主人用手在水面扑腾了几下，似乎发出了什么信号，不一会儿，从远处迅速游来了两只河豚，一条很大，通体粉红色，长长的吻，肉嘟嘟的脑袋，肥硕的脖颈，身长足有两米多，还有一条小河豚是褐色的，估计是它的孩子。男主人说，小河豚肤色会随着年龄增长慢慢变成粉色。

男主人开始用小鱼喂食它们了，两只河豚上蹿下跳地围绕在他身边。刚开始我有些胆怯，不敢靠近这种奇特而又活跃的粉色河豚。但男主人和河豚亲密玩耍的样子，又让我蠢蠢欲动，男主人鼓励我，并抓了一条小鱼给我，我颤颤地高高举起，只见一个影子晃动了一下，粉红的身躯一跃而起，冲出了水面，灵活扭转了下粗壮的脖颈，尖尖的嘴巴就不偏不倚地夹住了小鱼。在它转身之际，我的手触摸到了它的身体，皮肤异常光滑柔软，好像丝绸一般，两侧硬硬的鱼鳍硕大有力，迅速滑动后，转眼不见了身影。

太惊奇了！我把所有的顾虑不安抛在了脑后，开始追寻着小河豚，它特别调皮，虽一直围着我，我却摸不到它，在我给它喂了 N 条鱼后，终于有一次摸着它圆滚滚的身躯了，还让我轻轻托起了它。大河豚也显得特别兴奋，时不时来个一冲而上，定点叼鱼，然后再来个鹞子翻身，钻入河里，让我又惊又喜。我感觉到了它们的灵性，以及对我的友好和亲密。我们互动，乐此不疲，直到一盆鱼喂完了，男主人又拿来一盆，又喂完了，我还是恋恋不舍地不想上岸……

原始的印第安人

从玛瑙斯乘快艇，约半个多小时，来到一个小岛。郁郁葱葱的密林中间，有一片空旷的场地，搭建了好几座茅草屋。个头矮小、皮肤黝黑的酋长从宽敞的茅屋中出来迎接我们。他头戴尖尖的羽毛帽，颈部挂着一串动物的獠牙，上身赤裸，下身的三角短裤前挂着一块布，后面插着几片树叶做装饰。

他招呼着族人前来欢迎我们。不一会儿，出来大约有 20 个男人、女人和小孩，男人的装扮和酋长差不多，女人的装扮令我惊讶，不敢直视：她们上身赤裸，乳房袒露，脖子上挂着珠串，下身只穿一条短草裙，赤脚。孩子们只穿一条三角裤。所有人的脸上和腿上全都用颜料点缀了各色花纹，原始古朴野性之美一览无余。

印第安人跳起了本族舞蹈。男人们手持木棍长矛，女人们牵手摆臀跳跃，队形以转圈、前行后退为主，肢体动作粗犷豪迈。音调纯粹，由棍棒敲打地面、手击腰鼓、跺脚和不时发出的号子声组成，节奏明显，顿挫感强。身临其境中让人精神振奋，活力焕发。我们情不自禁地跟着吆喝起来。酋长看我们很投入，于是过来邀请我们一起参与。音乐和舞蹈是最佳的交流方式，我们和印第安人相互拉着手，转着，跳着，唱着，笑着，完全没有陌生感，反倒像兄弟姐妹一般亲近、美好……

原生态纯朴的印第安人，犹如一股清新的风，过滤着我迷茫的俗世杂念，提醒着我从原始自然中去寻找和发现美的存在。

珍贵的家园

亚马孙雨林是大自然赐给巴西的礼物，更是整个人类生存的家园，但雨林目前的过度开采让人揪心。据了解，热带雨林每年约有 2 万平方公里遭到破坏，在过去 30 年已经损失了将近六分之一。雨林减少，不仅意味着森林资源减少，更意味着人类生存所需要的氧气在减少，造成的是自然界生态的失衡。

古人云："斧斤以时入山林，林木不可胜用也。"庄子《齐物论》语："天地与我并生，而万物与我为一。"孔子更提倡"天命论"，要"知天命，畏天命，顺天命"。老子也主张"自然无为"，意喻宇宙万物的存在发展是自然而然的，应按"道"行事，不与天地争，让万物有所依。

撼动的光亮

今天，一场罕见的倾盆大雨将肆虐已久的雾霾深深砸进了泥土，空气变得清透，久违的蓝天白云又呈现在眼前。雨后的傍晚，夕阳西下，流光溢彩的天空中，云彩似披上了薄纱，西天燃烧着绚丽的霞光。我有点恍惚，不由得想起了一个月前在巴西所见到的一幅幅无比梦幻的动人的光景。

在里约，当我们飞越半个地球，来到了巴西这块"上帝之子"的土地，登上710米高的耶稣山，抬头仰望世界七大奇迹之一——耶稣神像时，惊讶地发现耶稣头上那一圈玄妙的光环，这天然形成的光环如圆形彩虹，分外耀眼。信奉基督教的巴西人认为，这神奇的光环昭示着上帝将爱的光辉洒向了大地，将幸福和快乐赐给了我们所有人。

在玛瑙斯，"地球之肺"亚马孙热带雨林的腹地，傍晚我游完泳，来到酒店二楼的平台，发现天空正拉着湛蓝的帷布，白云也换上了晚装，在风的伴奏下，翩然起舞。那抹红云时而柔媚，时而奔放，仿佛踩着桑巴舞曲，尽情展现她迷人的身姿。夕阳在红与蓝的交响曲中慢慢落幕，我陶醉其间，忘了晚餐。

在伊瓜苏，这世界上最宽的瀑布，声势浩大如万马奔腾。巨大的瀑布从天而降，一泻千里。我们激动兴奋，无所顾忌地冲向离瀑布不远的栈桥，接受着水瀑的洗礼。当我们被淋得浑身湿透，嬉笑疯闹的时候，前一秒还雾气腾腾，后一秒就出现那令我们突然安静、目瞪口呆，继而大叫的横跨整个瀑布的七色彩虹。

在潘塔纳湿地，世界上最大的一片湿地，我们与蓝天白云为伴，与牛马鸟鱼相依。当我们骑着马儿穿过一片沼泽，远远的，天地相连，水天一色中，一轮巨大的云柱自地面升腾而上，旋向天空，耀眼的光芒晕染了云柱的四周，绚烂而夺目，大地在蒸腾。

在巴西、阿根廷交界的度假酒店，夜晚，我们出来散步，不经意地抬头，猛然发现，无数晶亮璀璨的星光在头顶闪烁，那漫天的星辰流泻在宽阔而绵长的银河中，熠熠生辉。我已不记得是什么时候这么仰望过星空了，只记得这些星星如同孩提时代所看到的萤火虫，在无边的天际闪闪发光。

我也想起了一直被我们叫成中国名字的意大利导游马克，有着意国的浪漫，有着巴国的奔放，和我们交流时手舞足蹈，又不失稳健。马克随身携带着一本鸟类图册，在潘塔纳湿地，他给我们讲解时那认真劲儿，让我觉得他真帅。

在雨林水上酒店，有一位侍应生，他给我们留下了深刻的印象。他个子不高，戴着眼镜。在帮我们上菜时，他动作敏捷，肢体语言异常丰富。我从他的脸上看到了他那虔诚的、非常愿意满足你 120 个要求的笑容，那绽开的笑容是发自内心的，开心而真诚。

还有，在库亚巴别致的酒店中，晚餐刚刚开始，惊喜的是同学 Y 美女过生日。在大家的祝福声中，酒店端出了临时制作的精美蛋糕，负责人玛丽小姐给我们带来了一首她最喜欢的歌，她的歌声优美而深情，我从她眼里看到了那闪动着的晶莹泪光。

我由衷地敬佩十年如一日在巴西工作的 C 同学，他将中国驻巴西的工厂管理得蓬勃向上。感谢他对我们的行程周到细心的安排，既是翻译、司机，又是导游、领队，更是保姆、管家。休息日陪着我们，工作日运筹帷幄，我们一路听着他的故事，感受着他的快乐、苦闷、坚强、执着。

我当然不会忘记，登机前一天还没拿到巴西签证的在美国留学的女儿，一天后和她在巴西相聚，一幕幕结伴开心畅游的场景，让我体会到了亲情的温馨可贵，以及随着孩子的不断成长，不得不面对和她越来越多分离时疼惜的感觉。一年回国一次的女儿，在我眼里一直是那颗最闪亮的星。

朋友，出发吧，到巴西去感受那里自然的神奇美妙，以及在这片土地上生活着的人们的博大胸怀。

感受阿根廷

经过 32 个小时的飞行，起落了两段航程后，终于到达地球另一端的南美洲阿根廷。飞机在布宜诺斯艾利斯机场徐徐降落后，我彻底解放了早已僵硬的躯体，大口呼吸着南美清新又温暖的空气。这次的阿根廷之旅，让我领略了这片美丽富饶的土地上的魅力和激情。

古典的欧式建筑

布宜诺斯艾利斯是阿根廷政治、经济、文化中心。当置身在著名的市中心五月广场时，周围浓郁的古典建筑风格看得我眼花缭乱。哥特式大教堂、罗马式大剧院、西班牙式庭院，以及众多纪念碑、铜像、圣女雕像等，让去过欧洲的我，仿佛又来到了欧洲，难怪布市有"南美小巴黎"之称。

一座华丽的玫瑰色典雅建筑吸引了我的视线，这就是玫瑰宫，也叫总统府。麦当娜曾经演唱过一首歌曲《阿根廷，别为我哭泣》，风靡全球，获得了当年的奥斯卡歌曲奖。歌曲描述的是，曾经的总统府主人贝隆夫人，在总统府二层雕花阳台上，拖着病体对阿根廷人深情演讲的动人故事。贝隆夫人从穷裁缝的私生女到舞女，再到总统夫人，都因为她那刚毅的自尊心和关怀贫苦人群的爱心，赢得了阿根廷民众的爱戴和尊敬。

走进华丽高雅的科隆大剧院，满屋黄金镀饰，闪着灿灿的光亮，豪华的菱形吊灯晶莹剔透，贵气的金色长廊、斑斓多姿的玻璃彩绘，无不透出奢华的气息，令人恍若置身皇家宫殿。拥有悠久文化和诸多名人的科隆大剧院，是世界第三大歌剧院。

绽放的蓝花楹

此时，正值阿根廷的春夏之交，也是布市一年中最美的时节。宽阔整齐的街道两旁和公园里，一株株绽放的蓝花楹，把整座城市染成了美丽的蓝紫色，高大遒劲的枝条上，密密匝匝的花朵，沐浴着阳光，迎风舞动。

走过树下，淡淡的花香萦绕在身边，让人不由得放慢脚步，欣赏这如梦如幻的美景。一阵风过，蓝紫色花朵如翩翩仙子轻轻地飘落，洒落一地的花瓣雨，如一首诗，如一幅画。这诗意的存在，让人驻足流连，心情格外愉悦。

街边悠闲的露天咖啡馆、琳琅满目的橱窗、肃穆庄严的教堂，在蓝天白云的映衬下，美妙而自然地存在。和平鸽时而在广场上空盘旋，时而落下啄食游人撒下的谷物。有市民带着孩子坐在草坪上晒太阳、看书，惬意自在。这里处处弥漫着闲散自适的味道。

强劲的两条腿

最初了解阿根廷，源于足球和探戈。每每世界杯足球赛时，许多人会彻夜不眠，在电视机前狂热追踪，让不懂足球的我一度感到不可思议。仔细观看赛事后才发现，阿根廷巨星马拉多纳、梅西等，在球场上惊心动魄的带球、过人、射门，一系列绝杀技动作，酣畅淋漓，无不带给人振奋和激动。难怪他们在世界上拥有那么庞大的粉丝团。布市的公园里、河边上，只要有一片空地，都能见到奔跑的孩子们在三五成群地踢球，如小鹿一般的身影，灵活多变，带着一股执着的冲劲。

对于从小喜欢跳舞的我来说，激情四溢的探戈舞让我十分痴迷。走进豪华的波特诺探戈剧场，宽敞的大厅内，取代观众席座椅的是长形条桌，黑色台布上酒杯刀叉早已摆放有序。宾客全部落座后，西装笔挺、彬彬有礼的侍者热情地为来宾们上菜。一边吃着正宗的阿根廷牛排，一边看正宗的阿根廷探戈舞。让第一次享受如此高雅待遇的我受宠若惊，不得不矜持地用刀将牛肉切得小小的，再用叉送入口内。做工讲究的沙拉、烤制鲜嫩的牛排、美味的意大利面、漂亮的西式甜点、地道的阿根廷葡萄酒和咖啡，不仅看着养眼养心，吃起来更是味蕾的绽放和极致享受。

用完了美餐，剧院大厅的灯光暗了下来，丝绒大幕徐徐拉开。舞台上，探戈舞优雅登场。单人、双人、多人，令人眼花缭乱的华丽脚步，性感魅惑的贴缠，酣畅淋漓的旋转，激越洒脱的舞姿，每个舞动都带着难解难分的任性与激情，干净利落。看得我热血沸腾，浑身的细胞似乎都在律动。能将男女情感的表达用高雅的音乐舞蹈形式完美演绎，这是阿根廷探戈舞的魅力。

地狱般的存在

第二天，我们乘坐大巴车在整洁规范的城市中心游览，沿路精美的欧式建筑密布，商业大厦林立，咖啡店、酒吧星罗棋布，都市气息浓郁，宛如人间天堂。忽然，大片破烂不堪的贫民窟隔着一条铁路，出现在眼前，用塑料布、破铁皮围圈的半成品房摇摇欲坠。这片没有名字、没有门牌号的贫民窟居然占据着城市的中心，导游说居住着大约2.6万人。

这里是布宜诺斯艾利斯人眼中的城市禁区。每每经过的行人及车辆都会提高警惕，尽快通过这段"禁区"，以防被打劫。如果只是略微看一下破溃的房屋，还不足以让我体会人们为什么要如此噤若寒蝉，一场现场版的打劫才让我真正意识到，污秽阴暗就在阳光下滋长。当我们一行人在市区步行游览时，其中一位男士戴的劳力士手表，被两名骑摩托车的阿根廷男子盯上，瞬间强行动手，手表差点被抢去。然而，就在人们心有余悸、惊魂未定时，该男子又一次遭袭，幸亏有了防范意识，没让他们得逞，但手臂被划伤。短短一个小时之内，两次抢劫，让人震惊。

这片如毒瘤一般存在的地方，不仅邮局不敢递送，连布宜诺斯艾利斯的联邦警察也基本不敢踏入，但里面最贫穷的孩子却怀揣着最炙热的足球梦想，马拉多纳就是从这里走出的一颗耀眼而夺目的星。

夜晚的大巴车穿行在宽阔的七九大道上。窗外，车流人往，熙攘热闹。路边的霓虹灯下，一家家咖啡店、酒吧，彻夜不眠。人们喝酒、跳探戈、聊足球，美好而沉醉。所有的快乐、自由、随性与冲突，在蓝花楹璀璨的光亮下交融在一起。

维度五

故乡云水地

风居住的地方

　　不知道从什么时候起，开始喜欢安静了。喜欢一个人静静地泡一杯香茗，独坐一隅，看书听音乐；喜欢一个人去旅行，用相机定格大自然转瞬即逝的美景；喜欢细雨蒙蒙的夜晚去公园散步，任丝雨打湿发梢，润泽心田；喜欢在寂静的夜晚抬头仰望早已被人们遗忘的星空和明月，倾听从灵魂深处发出的声音……

　　好友调侃我说："你现在微信也不上，信息也不回，有事找你还需要打电话，约你吃饭聚会也真难，怕人多，怕吵闹，要求太高。我看你啊，遗世独立的样子挺适合待在大山里。不过，你还真别说，有一个地方你一定喜欢，夜晚睡在茂密的大森林中，朝听鸟语，夜观星月，完全与自然融为一体的感觉定会让你痴迷。"好友最了解我。

　　一个小时不到的车程，我们来到了大山脚下。原来就是乾隆皇帝六下江南、六次登临的宝华山国家森林公园。三十六座山峰如莲花瓣，簇拥着山顶古刹隆昌寺。一千五百多年来的传戒，使这里名扬海内外，成为佛教的律宗祖庭。夕阳西下，被誉为"律宗第一名山"的宝华山沐浴在一片金光中。

　　山下的千华古村此刻已是华灯初上，秦淮河源头之水，从山间缓缓流下，河两岸古色古香的茶楼酒肆灯火阑珊，由乌龙桥精雕细琢的窗棂看过去，飞檐翘角处，串串灯笼倒映在水中，被柔情的风漾出阵阵彩色涟漪。一时恍若身处秦淮风月之中，俯首凝视着水中的波痕，从粼粼的碎影中，极力拼接着一段段才子佳人缠绵悱恻的爱情故事。流水脉脉，淌过世事浮沉……

穿过乌龙桥，就来到"如风"禅意客栈。顺着斑驳的青石板路拾级而上，两边用青竹搭建的篱笆墙爬满了蔷薇月季。墙里，依山而建的独幢小楼，一幢幢顺着山势向上递进，造型别致，各有特色。

家家紧闭的柴门上，低调淳朴的竹制禅意宫灯透着米白色的光线，灯罩上绢底黑字书写着小楼的名称，并附有一首小诗。细看，左边一排皆以风命名：闻风居、请风居、听风居。右边皆以雨命名：赏雨居、观雨居、听雨居。管家说，一共有16家风格迥异的小楼。来到听风居，陆游的一首诗映入眼帘："僵卧孤村不自哀，尚思为国戍轮台。夜阑卧听风吹雨，铁马冰河入梦来。"感叹陆老先生忧国忧民的情怀。想当年，如风一样四处游荡的他，梦里却依然记得远方。

取过细长的缀有流苏的铜钥匙，打开古铜锁，推开柴门，一座精致的小庭院展现在眼前。夜色朦胧中，树影摇曳。踏上木质楼梯，进入楼上的客房。客厅宽敞雅致，与卧室隔断的屏风上，一朵圣洁的荷正盛开。"愿做一青莲，不染凡尘立水间"，正是我心所望。方形茶几上铺着淡绿色的棉质布料，一套精致的茶具摆放其上，极富仪式感。旁边的花瓶中，几支干花透出一种侘寂之美。米白的窗帘，温暖清雅的色调，宁静且安逸。富有人文气息的日式客厅，沙发、茶几、书桌均原木设计，清晰的纹理，粗糙的质地，无不体现着一种自然之美，洋溢着一种淡泊、洒脱的景象。不张扬，不磅礴，简约舒适，充满禅意，让人心境平和，超然物外。

站在阳台上眺望，远处，山下的灯光如星星般闪烁，耳边只有秋虫的呢喃和树叶掉落的声音。夜晚如此安静，薄薄的夜雾透着微凉渗进我的身体，浸透着我的心。抬头，清夜无尘，月色如银。今晚的月似乎有些残缺，但依然皎洁，月光如纱一般，轻披在我的身上。我的灵魂仿佛被洗礼，我感到有些沉醉，沉醉在一种孤独中。在这样寂静的夜晚，我似乎有些享受这样的孤独。很多时候，想给灵魂找一个出口；很多时候，想把内心的孤独与无奈诉于人听，可是有些话能说，有些话无法说，有些话根本不必说……

风迎面吹散了迷茫，我闭上眼睛，沉醉在风里，将心寄于风中，且听风吟。明月小楼听风雨，一人尽享浮世欢，红尘嘈杂，拒之心外。

关灯，躺进大大的浴缸，什么也不想，也不念。感觉自己像一条鱼游进了大海，守心自安，心静如海。海浪无声，已将夜幕深深淹没……

静卧夜阑，聆听风语。我居住在风中，风亦为我停留。

清晨，被一阵阵"叽叽喳喳"的鸟鸣唤醒。拉开窗帘，丝丝缕缕的阳光透过树缝照进通透的阳台。原来，大森林近在眼前。树木繁茂，仿佛触手可及。"空山不见人，但闻人语响。返景入深林，复照青苔上。"置身在如此清幽的空中花园里，欣赏着山间那枫树的红、杏树的黄、柏树的绿，层层叠叠地变换着色彩，心已然陶醉了。

下楼，来到鹅卵石铺就的小院。一只大大的圆形水缸中，长满了荷叶和菖蒲，陶制的水器带着沧桑感，沿墙的一片竹生机盎然，一棵桂树上已缀满了串串绿色的果实。中式庭院有一种如诗如画的韵味。

从后院出来，就是一条宽阔的河流，有一条长长的栈道延伸至河边。两岸，片片芦苇昂扬挺拔，苍苍蒹葭，阳光下泛着盈盈的光亮。风从山的那边走过来，夹杂着水气的山林空气，一股脑儿地将我拥抱，清新而纯净，禁不住深深地吸进肺腑，沉入丹田。在这清透的山林间，在人与自然的完美交融中，我放下一切杂念，放松身心，演绎了一套行云流水般的太极拳，真正体会到了天人合一的意境。

回到屋中，冲一盏淡淡的清茶，听一曲《半壶纱》。在禅音中，一山，一水，一人，一几，一壶，细细品味自己的心境。"吾心似秋月，碧潭清皎洁。"唐代高僧寒山禅师认为：人需要有一颗智慧心，亦如明镜般澄明的心。就像秋天的明月，映照进幽深的碧潭，潭中的明月一样如天空明月般美丽皎洁，澄明的心所映现的世界就是那么美。只有绝对的智慧和慈悲，才能不受任何干扰，不被尘世所污染，这就是智慧心。

浅斟慢饮中，看那茶叶在杯中浮沉。蘸一抹沧桑，盈满袖暗香；携一缕清风，拂尘世忧伤。清心，静心，从容淡然。只有把心归于平静，才能找回最本真的自我。静水流深，岁月入禅。缭绕的水雾渐渐在眼前氤氲，慢慢飘散……

茶罢，敛裾。归去，也无风雨也无晴。

宝华山寻玉兰

一直听闻家乡的宝华山有一镇山之宝，是植物界的大熊猫，只是从未见过其庐山真面目。出于好奇，上网了解了一下，让我吃了一惊。"宝华玉兰"，产于江苏省镇江市句容宝华山，只生长于海拔 220 米的地区，产地仅存 18 株，为中国特有的植物，濒危之急已达到绝种的边缘，由 20 世纪 30 年代园林专家在宝华山偶然发现。这种玉兰品种是木兰科植物中仅存的纯种，开放时异常美丽，为园林观赏之上品。但花期极短，半个月就凋零，已被定为国家一级保护植物。

近在咫尺又极为珍贵的玉兰，让我十分牵挂，犹如相思成病，遂密切关注它的花期。终于一声春雷，唤醒了沉睡中的美人。三月初的周末，春寒料峭中，和好友驱车来到了乾隆皇帝六下江南、六上宝华的圣地，一睹宝华玉兰的绝世芳容。

宝华山是国家 4A 级森林公园，森林覆盖率达 92%，有"天然氧吧"之称，更有国内最大的传戒道场、享誉东南亚的千年古刹隆昌寺。山中，叶稠荫翠，古木参天，栖息着许多珍稀的动植物，名副其实地成为以自然景观、人文景观著称的"律宗第一名山"，是都市人远离喧嚣、融入自然、放松身心的度假胜地。

来过多次的我，以前没有关注过玉兰的长势和地理位置，这次初春的宝华山寻玉兰之行，会顺利吗？这芬芳了 300 万年的玉兰，仅存的 18 棵，会艳遇到吗？我的内心忐忑又期待。

我们从宝华山的南面徒步上山。大伙左顾右盼，眼神发亮地寻找着玉兰树。没走多远，就听同伴高喊："快来看，这是不是宝华玉兰？"顺着她指的方向，只见路边确实有几棵高大的树木，满树的白花在迎风飞舞。我来到跟前，踮起脚，伸手拉下一枝，细数了花瓣，九片，且花瓣似匙形，上白下粉，瓷白纯净，清丽而雅致。确如书中所描述的模样，应该就是宝华玉兰。没想到一上山就被我们发现了。真情所致，金石为开。

满怀欣喜地仰望，高大挺拔的玉兰树临风而立，满含深情地将一朵朵盛开的玉兰，爱怜地托在掌心，暖暖的爱意，晕红了花儿雪白的脸颊。玉兰如仙子般白衣飘飘，伴随着阵阵清风，翩然起舞，散发着沁人心脾的兰香。纯洁美丽的玉兰花，是宝华山中的精灵，是大自然天地的精华。

恋恋不舍地离开，再次寻觅玉兰的芳踪。茂密的林间，草木清幽，泉水潺潺，柳枝刚冒了一点芽，还未吐叶，迎春花星星点点地开着小黄花。忽然池边一树紫花映入眼帘，醒目，耀眼。这似乎是一株紫玉兰，抑或是嫁接的品种，花瓣外部以紫色为主，顶端少许白色，花大且厚实，一副雍容华贵的气质，在早春的寒意中肆意地绽放着。真不愧是玉兰花属，高雅靓丽。

我们沿着车道一路向下，不知不觉就绕到了山的北面。不经意间抬眼，只见坡上密林中有几株挺拔的树，光洁纤长的枝条顶部，一朵朵白色的花骨朵笔直地伫立在风中。心中一阵惊喜，因山高没有路，进不了密林，只得远远地细看。朵朵玉兰亭亭玉立在枝头，娇艳欲滴，含苞待放，显得那么独特清高，与众不同。可能最近阴雨连绵，又在北坡，气温较低，所以只看见了玉兰少女般的羞容，惹人怜爱。

这次，我们发现的玉兰树有五六棵，其余的可能没有找到吧。也听说移栽了几棵到城区。宝华玉兰因自然生存的种子生长周期长，需要 10 年才能开花结果，所以也难逃绝种的危险，实在让人揪心。

宝华玉兰不仅花姿绰约，品性更胜一筹。她将自己深深地隐匿在森林幽谷、千年古刹之中，千百年来，与清风明月作伴，与虫鸟溪水相依，吸收着天地之精华，绽放着绝世之芳容。在漫长孤独的岁月里，花开花谢，无怨无悔，任浮世变迁，我心不惊。如此超凡脱俗、优雅从容的姿态，让我倾慕。也激发了我心灵深处的美好念想，我期盼也能如宝华玉兰一般，有着安静素然的优雅，把所有繁复的灿烂都当作简单的回归，把所有尘世的烦扰、一切的荣辱都当作过眼云烟，只将美好留在心底……

地灵人杰话宝华

　　家乡的宝华山，每年都会登临几次。春夏秋冬，阴晴雨雪，每次遇见都有不同的感受，宛若初见一般，让人流连。

　　春天，我曾与小伙伴们一同进山寻找过宝华玉兰。被专家们誉为植物界大熊猫的宝华玉兰，现仅存18株，异常珍贵。我们山南山北的仔细搜索，只寻到了5棵。乍一相见，就被惊艳到了：莹白透粉的绝世芳容，卓尔不群，宛若仙子一般沉寂在深山幽谷中，让人爱到了心里；每年夏季到林中避暑、幽溪谷嬉戏，以及参加泡山节，是大人孩子们最开心放松的时刻。我也曾童心大发，夜晚带着相机，拍摄飞舞的萤火虫，一只只仿若精灵般闪闪发光的小虫，让你挪不动脚步，即使被蚊子咬上几个大包，也觉得很值。秋色烂漫的时候，与好友一同登山徒步赏景，深呼吸中，饱含负氧离子的纯净空气进入肺腑，令人惬意愉悦。冬天，那皑皑白雪下的宝华山，纯洁肃静得可以听见雪花飘落的声音。

　　这次市作协举办的宝华之秋笔会，我欣然参加。随团参观了宝华山隆昌寺、徒步乾隆御道、漫步千华古村等，跟着乾隆皇帝六下江南六上宝华的脚步，沐浴秋阳下，沉醉秋色中，感受着宝华山卓尔不群的气韵。

　　江南名山众多，唯律宗第一山的宝华山深受乾隆皇帝的青睐。乾隆皇帝曾经六下江南，六上宝华山，移驾到千年古刹隆昌寺，礼佛、植松、嘉赏，并作诗赞美。曾有诗云："梵宇宝华阳，庄严殊胜常。石坛授五戒，铜殿压诸方。"不仅描绘了隆昌寺"庄严殊胜常"的外部形象，也肯定了律宗在佛教中"授五戒""压诸方"的地位。1500 多年来，宝华山吸引了众多帝王将相、文人墨客前来朝圣，吟诗作赋，留下了诸多佳话。此时，秋阳下的隆昌寺，被周围 36 座莲花瓣似的山峰护佑着，安坐莲心，沉浸在层林尽染、五彩斑斓的秋色中。向北敞开的寺庙门前，两株硕大丰盈的四百年古银杏正巍然伫立，它们身披黄金甲，在阳光下熠熠生辉。

乾隆御道掩映在一片茂密的古树林中。松树、柏树、椴树、榉树、紫楠等名贵树种高大挺拔，三角枫、始建槭、青风藤、拐枣等百年老树标识清晰。银杏、槭树、柿树等变色叶树，在秋日下午煦暖的阳光下，通透、艳丽，令人赏心悦目。拾级而上，随处可见巨石陡坡，洞壑幽谷，很多年代久远的枯树倒伏其间，自然而原始。踏在古朴宽阔的石阶上，咚咚的脚步声回响在山间，仿佛听到了当年御轿轿夫急促的脚步声，抑或是随行大臣或者寺庙住持小心翼翼的脚步声。古往今来，浩瀚的历史长河中，浪花淘尽英雄，唯有青山依旧。

宝华山下的千华古村前身，就是乾隆皇帝每次上山前的落脚点——杨柳村，如今古村再现了康乾年间的盛世光景：钱庄、镖局、戏台、酒肆、博彩坊等，妙趣横生地展现在眼前。屋檐下的串串灯笼，木质的窗棂门栅，临河的吊脚楼，无不古色古香，市井氛围浓烈。一些店铺的老板伙计都是复古装扮，行走其间，仿佛穿越了一般。戏台上、街头巷尾，各类民俗杂技表演热闹非凡。古典舞、杂耍、川剧变脸、黄梅戏、街头驯猴、逗鹦鹉、耍木偶戏等，这些传统风俗的民间艺术精彩纷呈，加上表演者高超的技艺，赢得了围观游客们的热烈掌声。

千华古村旅游的建设和发展，不仅带动了当地的餐饮、住宿、购物等各项服务，也推动了房产、交通、教育、医疗、文体等公共配套设施的进程，加速了当地经济的发展。一路上鳞次栉比的高楼、复建如旧的古村，以及整齐有序的现代科技创新示范园，短短几十年，宝华镇的变化可谓有目共睹、日新月异、欣欣向荣。

潺潺而下的秦淮河源头之水，见证了宝华镇辉煌的前世、今生和未来。

赤山湖畔茶香浓

无论什么季节，家乡的赤山湖湿地公园都有它独特的美。这次与姐妹们来时，正是初秋时节，阳光不再炽热，湖边微风习习，有些凉意，舒适宜人。

红枫的叶子已经赤红，如蝴蝶般随风舞动。柿叶也黄绿交织，一片斑斓的色彩。小橘灯般的柿果，晃悠在枝头。紧靠湖畔的水面被田田的荷叶覆盖着。其间，有几支荷依然亭亭盛开，露着粉色的笑靥，轻舞摇曳，她们完全不顾秋的来临，绽放嫣然。恍然发现，宽大的荷叶下，已有几只莲蓬，褪去青涩，褐黄干枯，但是淡定伫立的模样，透出一种禅意和侘寂之美……自然界季节交替应有的旋律和韵味在赤山湖——呈现。

蒲草间，滩涂中，不时有鸟儿忽地飞起，引得人又惊又喜。好像是白鹭、牛背鹭，它们起起落落，悠然自在。赤山湖的湖面有两个西湖那么大，是六朝古都南京秦淮河的源头。这里丰沛的水资源、良好的生态环境，使得多种珍稀的野生动植物在这里栖息繁衍。中华秋沙鸭、青头浅鸭、鸿雁等，很多被列入了国家级、世界级重点保护野生动物名录。

我们来到湖中的凉亭，风似乎从脚边旋起，带着荷香与水气，不由分说地旋扑至脸颊。深吸一口，感觉浑身舒爽，沁透心脾，瞬间有一种恬淡的幸福溢满内心。同行的海燕姐姐，是个热爱生活之人，只见她优雅地布置了茶席，清新雅致的水墨红柿茶席布上，配上一只绿色莲蓬，立马活色生香起来；接着泡上了一壶珍藏的普洱 99 红印，一时，袅袅的茶香氤氲开来。

阳光透过云隙，洒在一望无边的湖面上，泛着金子般的粼光。远处的断桥忽隐忽现，一片水清岸绿之境，让人迷醉。玲妹妹一时兴起，吹起了心爱的陶笛，渺渺的笛音，婉转在天地间，空旷而悠远。

湖畔之地，云水之间，轻握一盏素雅的陶瓷茶杯，浅注，清流清芬，氤氲于唇齿间。与远道而来的好友徐徐共啜，只随意闲聊，甚至于不说话，心情亦无比地轻松愉悦。真想将这余生安放在这里，尽享诗意。

当年，歌手许巍唱出的一句歌词："生活不止眼前的苟且，还有诗和远方"，曾让无数人心生感慨。是的，真实的生活其实并没有太多的色彩，充满着琐碎与漫长，内心虽然也有无限的向往，但总会被岁月的疲长拖到失去声响。喧闹的城市中，人们步履匆匆，好像在追赶着什么，又好像被什么东西追赶，完全忘记了如何慢点走，也忘记了如何停止。很多人对于自然的和谐与美，都不曾关注，抑或熟视无睹。在这样枯燥的环境中，人往往会疲惫不堪，抑郁烦闷，会生病，甚至被击垮。

选择亲近自然是最明智的选择。无数人推崇梭罗的《瓦尔登湖》，他诠释的就是一种自然而然、节约简单的生活态度。认为人需要待在自然中，过一种返璞归真、心灵自由的生活。虽然我们不可能像梭罗一样脱离世俗，自耕自给，但需要适时地从嘈杂的环境中抽离，在劳碌之后懂得停下脚步歇息，欣赏一下周围秀丽的风景，让自己轻松一点，寻得内心的澄明和安宁。

漫步在静谧的湖边，感受天地的宽广。将湖水的清澈明净，收进眼眸，澄明心境，宽阔胸怀。将草木的精华之气吸进肺腑，充盈内心，滋润灵魂。喝一杯远离世外的清茶，看一道赏心悦目的风景，这便是人间自在人。拥有平和的心境和一颗自由的心，方能诠释简单细致的人生格局。

寄与爱茶人

印象中，下蜀人杰地灵，是个有着 1300 多年历史的江南古镇。它紧邻省会城市南京，北临源远流长、奔腾不息的长江，西接文人墨客青睐的律宗第一名山——宝华山，有着临江傍水的空灵，也有着依山而居的醇厚。

秋天不像春天那么盎然，本不是采茶的季节，但在色彩开始斑斓的当口，居然发现还有秋茶可采。刚一靠近，就被它那浓浓的茶文化底蕴深深触动。下蜀举办的第二届稻美茶香节在容北茶谷如期举行。漫步在千亩茶园里，远望那梯田似的茶树，一垄垄分布在高低错落的小山丘上，连绵起伏。而近处，在农产品展销的地方，一口口大锅正在翻炒茶叶，茶农轻捧着嫩绿的芽尖，双手在锅内上下翻飞，与茶共舞，清香味扑鼻而来。

一位女茶农说："这炒茶是很讲究的，要先杀青，去掉鲜叶的青涩味，关键要掌握好温度、火候、时间，过嫩过老都影响品质。接下来就是揉捻，可以做出各种需要的形状。"她指着桌上已炒好的一堆茶叶和泡好的一杯清茶说："我这是白露秋茶，闻闻看，香不香？"仔细看，那嫩叶已经蜕变，呈暗绿色，形状细长，微卷而紧实，泡出的汤色，黄绿清亮，茶香馥郁醉人。

下蜀制茶历史悠久。相传在 600 年前的明代，刘伯温为"续王者之气，保大明万代伟业"，在武岐山龙脉所在地栽种茶树，以保佑龙根千秋万代。如今的武岐山上，老茶树依然繁茂。1915年，下蜀武岐山"云雾茶"在巴拿马博览会上获得国际大奖，距今已一百多年历史。1982年下蜀林场生产的"金山翠芽"，获得中国十大名茶的称号，距今也有30多年了。

好山好水出好茶，下蜀地处江南丘陵地区，气候温暖湿润，常年光照降雨充足，适宜茶叶的生长。被地质学家李四光命名的"下蜀黄土"属于淋溶程度较深的古土壤层，含有较多的稀土元素，成就了茶叶的优良品质。品水专家刘伯刍则将靠近下蜀扬子江心的"中泠泉"排到了"天下第一泉"的地位。

茶是中国文化的一种具体表现，而茶文化的精神内涵则与道、佛法相融合。茶拆开后，即人在草木间，就是道家所讲究的天人合一、道法自然的境界。茶可雅心，茶可行道。茶圣陆羽年轻时为研究茶，曾游历过句容道教圣地茅山，后写出了《茶经》。而"天下第一戒坛"的律宗宝华山，则在汉传佛教中有着至高无上的地位。乾隆皇帝曾六上宝华山，并发出了由衷的慨叹："宝华深处秀，问路语吾曾。"正所谓"礼佛问茶""禅茶一味"，佛与茶皆有"苦、静、凡、放"的意蕴。

"坐酌泠泠水，看煎瑟瑟尘。无由持一碗，寄与爱茶人。"白居易的《山泉煎茶有怀》描写了诗人以茶会友、煎茶寄情的满腔热忱。古人尚且如此，今人更当努力。让下蜀茶走向世界，让我们一起来品味"邂逅化胥犹可到，蓬莱未拟问群仙"，感悟这天人合一、契合自然的绝妙意境吧！

净心茅山行

　　茅山是中国道教圣地，为道教上清派发源地，有"第一福地、第八洞天"的美誉，是国家5A级景区。

　　山中林木葱郁，流水潺潺，四季皆美景。因此常和友人前往登山徒步。而每次都是从大茅峰脚下登山，上到九霄万福宫（顶宫）一圈下来就基本结束了。这一次，若不是莹的提醒，我还真不知道茅山的二茅峰和三茅峰全部开发了。

　　莹是在茅山研究道教文化的美女作家，五官精致、清秀脱俗，一头乌黑的长发顺滑地披至腿弯，看上去飘逸而动人；一身中式羊毛裙衬托出娇美的身段；言谈间，美目灵动，熠熠生辉，话语更像流淌的泉水，娓娓道来。这次，莹邀请姐妹们周日去茅山赏景，带我们领略冬季茅山的别样风景。

　　周末，6个姐妹兴致勃勃地出发了，半个多小时车程来到了茅山三茅峰脚下。山上的德祐观和仁祐观如今分别是乾道与坤道的清修场所。我们从三茅峰的登涉门上山，这里的小路，全部由青石板铺成，从这里徒步到顶就是坤道场所。

　　冬季的茅山全然没有萧瑟的景象，台阶两旁，竹林青青，随风摇曳，不远处松林挺拔，苍翠葱茏。沐浴着暖暖的阳光，呼吸着清新的空气，如此美景，心旷神怡。

　　行至半山腰，巧遇了几名仁祐观的坤道，她们梳着整洁的盘髻，在清理伸进路上的枝叶。莹说，为了方便游步道上的人，她们定期都会铡草伐枝。坤道看上去都很年轻，最小的可能是90后，她们认真劳动的样子让我心生温暖。踏着洁净的台阶，脚步显得格外轻松，不知不觉就来到了三茅峰顶。

　　坤道修行的仁祐观，粉墙黛瓦，装饰雅致。古色古香、亭台长廊的门楣上"清静真一""云外清风"的字样，分别道出了道家一念清静、淡泊名利的情怀。特别是童真门外一条大道，仿佛一条清静悠长的阶梯，人走在上面，有种安然、净心的感觉，外界的纷繁嘈杂到这里似乎已飘然远离，烦恼压力也随之抛到九霄云外。

　　通向二茅峰的山道蜿蜒绵长，像一条绸带飘向天边，绸带上还点缀着三只盘扣似的牌坊。莹告诉我说，这些牌坊是道家为纪念功德之人而修建的，爬山的人走得累了也可以在牌坊的石凳上小憩。一路上，道路两旁的灌木中，悄然绽放的白色花朵和不知名植物的艳红果实，吸引了我们的视线，茅山的野花在冬天依然是不败的。

　　或许登得越高，越能发现最美的景色。二茅峰顶上一片开阔，连绵的山峦在阳光的照耀下，苍翠巍峨，山下的湖水撒下点点亮色，仿佛一幅浓淡相宜的山水画卷。山上的空气格外清新，忍不住多做几个深呼吸，大口吸进这天地之精华，缓缓吐出内心之浊气、废气，顿感身体轻松了许多，心情也愉快极了。

　　德祐观中，莹为我们特地安排了一餐素斋，水芹、萝卜、青菜都是来自山中道士种的素菜，纯天然无污染。饭还没上桌，就已香飘满屋。我们开心地吃着聊着，每人都添了两碗饭。雨姐说，走的是最地道的山路，拜的是心中的神灵，与斋堂里的道众一起吃饭，感受道士的生活，真是不虚此行啊。

走出道观准备下山时，蓦然发现德祐观门口有一幅"道"字图，它深深吸引了我。只见笔法遒劲有力，又如行云流水。莹说，你看这"道"字中是不是隐藏了一幅八卦图，这寓意了阴阳调和、天地合一和自然而然的法则。老子的道，讲的就是尊重自然、敬畏自然、遵循自然之道理。

"无为而治"不仅是指政治经济上治国治家，人生也是如此，不是不做，不为，而是不妄为，不随意为。

现在，很多企业家、成功人士都慕名来到茅山，在这块福地上，在这清静优雅、绝世凡尘的仙境中寻求内心的淡定，从而悟到宽容待人、以柔克刚、以亏为赢的道家精髓。

夜色阑珊花未眠

川端康成在《花未眠》一文中，描写了某天夜里偶然发现海棠花竟然在夜间开放，并且分外美丽，感叹花在夜间是不眠的，以及自然美的无限和人感受美的有限。美是邂逅所得，是亲近所得。

这次友人千里迢迢从北方来，欣喜之际带她游玩了我的家乡，佛道两旺的江南小城。因在道教福地茅山流连忘返，以至来到佛教圣地、律宗第一名山的宝华山时，已是华灯初上。

我们漫步来到沿河的"临水酒吧"小坐，凭栏眺望，宝蓝色的天幕下，远处此起彼伏的山峦，如蓝莲花花瓣一般盛开。古色古香的亭台楼阁和小桥流水人家，在朦胧的五彩灯带映射下，光影柔和。此刻，依山傍水的千华古村在夕阳最后一眼的回眸中，显得是如此风情万种，有一种不同于白天的温柔之美。

不远处，一家名为"荷香"的酒店吸引了我们，门边水榭种植了许多的荷，含苞的、怒放的，亭亭玉立。门里，荷的倩影开满了四周的墙壁和地面，人仿佛沐浴在了一片清悠的荷香中。惊喜的是席间的荷塘菜很符合友人的胃口，凉拌莲藕清脆爽口，芡实杆酸甜适中，鱼戏莲叶间的鱼鲜美嫩滑……北方的友人赞不绝口。

夜晚的古村，灯火通明，家家户户门前悬挂着串串灯笼，明亮喜庆，合着廊檐的 LED 彩灯，共同组成了一道道色彩斑斓的亮丽街景。小吃一条街上，迎风招展的特色店旗上，上书"桂花糖芋苗""铁板鱿鱼""银耳莲子羹"等，都是小时候特别爱吃的。看着招牌，闻着香气，就想进去尝一尝。工艺品一条街上，古意浓浓的油纸伞、美人扇，总让人爱不释手。更有那些风格独特的酒店、民俗客栈等，鳞次栉比。

乌龙桥上，微风轻抚。精心雕琢的木质檐廊下，大红灯笼的挂穗悠悠晃动着。透过轩窗看向河面，只见色彩斑斓的灯影合着飞檐翘角的人家，倒映在清澈静谧的湖水中，如一幅迤逦的彩色画卷。此时，立于窗前灯下的友人，正抬头仰望星空，脸被灯笼明亮的光芒映照着，无比柔美。如此江南美景合着美人倩影的妙景图，瞬间被我定格在了相机，变成了永恒与美妙的回忆。

顺着山路向上，有一条悠长静谧的青石板小路，直通山顶。这儿就是"如风禅意客栈"。两边依山而建的木质小屋，好似一户户柴门深闭的人家，茅草屋檐下嵌有柔和的灯光，照射在爬满竹墙的月季玫瑰花花瓣上，有一种梦幻之美。随手推开竹林小院的门，绿草青青，竹叶沙沙。地灯照射着石雕佛像，盈盈笑意中显得禅意悠远。

踏着木质楼梯来到楼上，进门处，一间大大的客厅进入眼帘，黑白相间的装修风格给人一种大气非凡的视觉冲击，最别具一格的是宽敞的阳台，完全通透；一只大大的按摩浴缸摆放一头，颇有意境。试想，在这清幽的森林里，蓝天白云，满目苍翠中，闻着悠悠的丁香花，听着蝉鸣沐浴，该是怎样的惬意。又或者在月色如银、满眼星光中，闻着浓浓的夜来香，听着蛙鸣和小虫呢喃泡澡，又该是如何的陶醉。人居与自然天衣无缝的融合，在这里体现得淋漓尽致。

山顶供奉着东南亚的四面佛，远远地看如同端坐树梢之上。

四面佛也称有求必应佛，其四面分别朝向东南西北，代表着健康、事业、爱情和财运，供信众祈福。佛阁高高地仁立在山顶，神秘而庄严，护佑着生活在这一片土地上的人们。

下山后，不知不觉来到了酒吧一条街。街头正在表演民族舞蹈，阿哥阿妹欢快地在台上尽情歌舞，台下黑压压一片，坐满了观众，鼓掌声、叫好声、欢笑声此起彼伏。往里走，各家店面的装饰别有特色，有的将啤酒瓶用麻线串好，悬挂在店铺外的木墙上；有的将各种大小的轮胎修饰后，悬挂在外墙上；还有的将各种花草攀于墙面，争奇斗艳的花开满了店里店外。

灯影灼灼、人影绰绰中，忽传来一阵歌声："车水马龙的街道，霓虹灯依然闪烁得很美……"歌手唱得非常动情。于是我们走进这家名叫"唯有时光与美不可辜负"的唱吧。

友人也即兴演唱了一首梅艳芳的《亲密爱人》："今夜还吹着风，想起你好温柔，有你的日子分外地轻松"，"爱的路上有你，我并不寂寞，谢谢你这么长的时间陪着我……"我听得完全迷醉了，觉得她唱出了别样的风韵；嗓音磁性，歌声性感且慵懒，仿佛在娓娓述说一些深藏在心中的岁月往事，温柔又美好。

出了醉巷，心还深深沉醉在这些打动人心的歌曲中，抑或是不想就这么快清醒吧。八月的夜晚，风不再燥热，略带些凉意轻抚着脸颊，熨帖着身心。抬头，月光如银，星光闪烁。柔柔的灯光下，树影婆娑，秋虫呢喃。情不自禁深深地呼吸着山林间清透的空气，听着从山涧流淌而下的潺潺溪水，感觉内心一切的迷茫纠结不舍已飘然而去。握着友人的手，道着珍重。总要有些随风，有些入梦，有些长留在心中。人生是这样，朋友也是如此。

赤山赏月抒怀

中秋赏月，自古就有这样的习俗。月到中秋分外明，一年中，中秋的月最圆，最亮。《诗经》曰："月出皎兮，月出皓兮，月出照兮。"月色之美，不言而喻。"花好月圆人团圆"，人们也把圆月视为团圆的象征，寄托着人们美好的愿望。

月圆之夜，秋高气爽，最适宜登山赏月。中秋夜，应好友之邀，去赤山登高，把酒问明月。湖光山色、青翠葱茏的赤山一直是我们喜爱的游玩胜地。赤山是由火山喷发形成，因整座山体被红色沙石岩土覆盖，故称为赤山。而230米的海拔高度，可以轻松完成。

晚上7点钟左右，友人们齐聚山下，开始徒步登山。他们大都是一家老小，吃过团圆饭而来。大人们精神抖擞，孩子们欢喜雀跃。凉爽的秋风吹拂，舒适惬意。大家一路说笑着，沿着宽敞的大路健步如飞。山上林木葱郁，树影婆娑，在手电的光亮中显得朦胧神秘，别有一番韵味。一路上，水墨夜景，丹桂飘香，不知不觉中就来到了山顶。

此时，皓月当空，月光如水，皎洁而温柔；远处，华灯初上，灯火阑珊，此情此景让人倍感幸福。人们在平台上铺了餐布，拿出带来的月饼、水果、小吃，男同胞们还带了啤酒、熟菜，开始对酒当歌。

我独自一人爬上了最高的炮楼顶上，离月亮近点，再近点。一轮圆月，穿过云层，露出娇美的容颜，淡淡的清辉洒向大地，弥漫着思念的气息。"今夜月明人尽望，不知秋思落谁家。"

此情此景，让我不由得想起在国外留学的女儿。8 月中旬，在机场告别时，女儿说："我可能两年都不回来一次，你和爸爸多保重身体，不要太劳累。"我眼含热泪，紧紧拥抱着她。

孩子是上帝赐给父母最好的礼物，如今，这个美好礼物长大了，她要远走高飞，追求她的学业、理想、人生。作为父母的我们，即使有再多的不舍、难过，也必须放手，因为渐渐老去的我们不可能陪伴孩子一生。在目送孩子不断远行的过程中，只能尽量给予孩子支持、鼓励，让孩子独立成长。在大自然的风雨中，不断探索、磨砺，挑战未来，走出属于自己的精彩人生。

作家龙应台说过："天下所有的爱，都是以相聚相守为目的，唯有父母的爱除外。爱得越深，越要拼尽全力把他们推向更高更远的平台，然后又痴痴地盼着儿女回归。"

几千年来儒家的团圆文化，造就了中国东方式的思亲思乡的情怀。我仰望着明月，如同看着心爱的孩子。"人有悲欢离合，月有阴晴圆缺"，今夜，我们虽远隔万里，但共对一轮明月。天涯共此时，竟夕起相思，让明月带去我浓浓的思念，让清风送去我暖暖的爱意。愿一切安好。

岩藤的花儿

一

这里是花的海洋，这里是梦的天堂，花在风中摇曳，人在花中徜徉。生活就像眼前的花海，关于诗和远方，不再是梦里的期待。渴望美好的心如花瓣，沾满郁金香花的烂漫，也许是一抹倩影的惊艳，抑或是一片花海的震撼。繁华灼灼纵千里，必有一支寄心间，高擎兰陵酒一杯，足以沉醉不思归。

二

在车水马龙的城市觅一处幽静，把所有的春天揉进如虹的田野，用温暖的阳光沐浴疲惫的心灵，用轻快的脚步丈量生命的里程，春风十里，花香满园。

清风暖阳，春色满溢，当不负春光，于喧嚣处静赏花开。那一片片色彩纷呈的郁金香，如天上的彩虹坠落大地，绽放一片嫣然。那一簇簇艳丽富贵的牡丹，竞相探出粉紫、炫白的面颊，展露无限的娇颜。樱花、海棠、梨花、琼花也赶着趟儿簇拥在枝头，让人驻足，为其流连。沐浴花丛，弄花衣香，心情也会熏染香气。春如酒，花醉人，或许世上没有永恒的花开，却可以让花开的瞬间定格为心中永恒的风景。一笺光阴，美得生动。

三

傍晚，流光溢彩的天空，夕阳坠入了地平线，西边燃烧着鲜红的霞光，一片宁静轻轻落在岩藤婆娑的枝梢上。

在这寂静的黄昏，停止了一切的喧嚣，天地间一片澄明。那变幻莫测的白云在碧空悠然漫步，那摇曳婆娑的树正对着湖面顾盼生辉，白昼最后的回眸也是那么的风情万种。田野里，花在摇曳，风在低吟，一袭清香将会嵌进你的心底。

"兰陵美酒郁金香，玉碗盛来琥珀光。"花开正好，你的心是否空出了一块？而我已为你准备好飞舞的姿态。轻嗅一路芬芳，缓缓归矣。

樱花园里的中国风

最美人间四月天。家乡的浮山樱花园里，此时，千亩樱花正漫山遍野地绽放着，如一幅软缎素锦，轻柔地飘浮在起伏绵延的山坡上，又好似层层白色浪花，荡漾在和煦的春风里。

宋人宗曾在诗句中写道："春色春分景媚妍，熏风暖润物华鲜。"在风和日丽的四月，在满园的春色中，没有什么比赏花更不负春光的了。今天，七色花的姐妹们相约来到这里，不仅园中赏花，怡情养心，还特别举办旗袍秀和汉服舞的义演活动，以传承和发扬中国传统的服饰文化。

漫步在樱花大道旁，一树树早樱开得密密匝匝，仿佛朵朵白云。那一簇簇洁白的花朵，如不食人间烟火的精灵，娉婷在枝头，恬美而清纯。这时节，晚樱也已陆续绽放了，有的展开了笑靥，有的正含苞欲放，粉粉的绚丽多姿，好似云霞一般。樱花在经历了一年的潜心蕴藏后，在这一刻焕发了盎然的生机，正以势不可挡的姿态，尽情释放着她们的魅力。

樱花树下，水榭台上，姐妹们的旗袍秀上演了。她们穿着丝质长款、颜色各异的旗袍，个个端庄优雅，婀娜多姿。时而单手叉腰，轻移莲步，在花间列成一排，时而手握香扇，犹抱琵琶半遮面地摆成半圆；有的轻搭披肩，款款而行；有的擎着纸伞，袅袅婷婷。围巾、扇子、小伞、手包等，成了搭配旗袍不可或缺的道具，在姐妹们的演绎下，展示了点睛之美，更加衬托出了她们的婉约和柔美。

接着，被宽大汉服包裹的姐妹们又展示了中华汉服之美。她们千娇百媚，顾盼生辉。青年演员雪姐的一支汉服舞，柔美而淡定，飘逸的长袖，在空中挥洒自如，吸引了无数游人的目光。在她的伴舞下，七色花的李大姐，声情并茂地朗诵了一首《樱花唱响的光阴赞歌》，迎来阵阵掌声。随即，音乐家高先生的一首吉他曲《童年》，激发了大伙的童真和热情，观众们齐声唱和……

微风吹拂，片片花瓣飞舞在空中，旋转着、追逐着，纷纷落在这些秀出美丽风采的女人的发间、身上，像纯纯的白雪，装点着这群热爱传统文化、演绎多彩生活的使者们。

传统文化是中华民族五千年发展的精髓，世代相传。比如，古诗歌赋、民族音乐、服饰、书画等，物质的、思想的、艺术的种种，皆是博大而精深。而在享有"衣冠古国"美誉的中国，服饰文化则是历史长河中孕育的一颗璀璨明珠。

民国时期，将旗袍穿出亚洲走向世界的宋美龄，一生钟爱旗袍，她高贵端庄地诠释了旗袍丰富多彩的东方神韵。同时，旗袍也是第一夫人彭丽媛外交场合的主选，不同材质、不同颜色的旗袍展现了她不一样的优雅和婉约，向世界传达了最直接的中国风。她们将中国的传统服饰完美地展现在了世界的舞台上。

如今，七色花的姐妹们已经将传统文化的信念根植在心里，努力地传承和发扬它。在樱花园里演绎中国风的她们，一举手、一投足，风韵十足地表现了东方女子的贤淑、典雅、温柔的气质，旖旎着东方美的韵味，正如樱花一般雅致和脱俗。

维度六

爱去爱又返

放　飞

　　初秋的夜晚，屋内有些闷热，来到小院中，一阵微风吹来，感觉丝丝的凉意。缕缕馨香萦绕着我，原来是院中的桂树开花了。

　　想来这已是八月中秋，金桂飘香时。不禁抬头，广袤的星空，一轮明月高悬，清冷的光辉将黑夜笼罩在如银的月色中。"今夜月明人尽望，不知秋思落谁家。"忽然间，心中生出了些许怅然。透过朦胧的月色，我仿佛又看见那天送女儿去机场时的情景。

　　女儿是下午的飞机，我将单位的工作安排好后，匆匆赶回了家，发现门口已经摆放好了两只半人多高的旅行箱。我知道，女儿的行李已经全部收拾好，就等我一起出发去机场送她了。屋内，她正听着奶奶的絮叨，笑意吟吟的脸上闪耀着青春的光芒，她一边频频点头，一边换着鞋。祖孙俩的依依不舍，让我的心沉甸甸的，于是拿着她颇重的旅行背包，走出屋外。

　　在先生将行李搬上车的空档，我不经意地发现了院里种的丝瓜枝繁叶茂，任性的藤已顺着大门框蹿到二楼的阳台，一长串的黄花开得正艳，其中一朵花的蒂部还伸出了指头般长的丝瓜。秋葵长势正猛，在叶和梗的枝丫中盛开着白色喇叭形的花。旁边，一只小秋葵嫩芽顶着快枯萎的花，倔强地伸出它尖尖的脑袋。

　　看着这些女儿爱吃的菜，心里又一阵失落，好在昨天把一包晒干的菊叶塞在了箱子里，关照她可以烧蛋汤。国外的饮食中肉制品多、蔬菜少，极容易上火。于是前些天将院里一片茂密的菊花脑连根剪了，摘嫩头开水烫过后晒干，想着这是清火的，也方便携带，我的心稍稍有了些安慰。

车子行驶在通往机场的路上，我半责怪半忧伤地对女儿说："你现在的翅膀可是硬了，一个暑假，说去游学，竟然出去了一个半月。昨天刚回来，除去睡觉的时间，我看见你不足三小时，今天我又要送你去机场，这是不是有些过分啊。""老妈，你放心。虽然孔子说，父母在，不远游。古人那时是担心，出了门就杳无音讯了，如今，网络这么发达，你每天都可以和我视频啊。况且你不也是希望我追求自己的梦想，展翅高飞嘛。"先生也说："孩子想去外面的世界见识一下，咱们就应该支持啊。"

说的是这个理，我也是这样宽慰自己的。在女儿办完入关手续，挥手向我们告别时，我硬是忍住了满眼的泪水，强展笑颜，挥了挥手，看着她渐渐从我模糊的视线中越走越远，拐弯消失，没有回头。

孩子长大了，羽翼丰满了，我无法阻止她，也无法去规划她的一生。她说她要读托福，已经安排好了学校，告诉我不用担心。她说她考上了国外大学，要出国深造，让我为她祝福。她说已经拿到驾照，她说她要去旅行……

我所能做的，只能是说服我自己，和她一同成长。尊重她，让她成为一个独立的人。现在的我终于明白：母亲和孩子会面临两次断奶的时候，一是当孩子脱离母乳喂养，独立吃喝，孩子哭时，母亲会难受。二是孩子长大成人脱离父母，独自出去上大学、成家立业，父母会不舍，更会失落。

"骏马都是在草原上奔驰出来的。"我需要学会的，就是放手，相信她。

一阵浓浓的桂香又飘了过来，我深深地吸进了肺腑，慢慢地沉入了丹田，顿觉浑身轻松。

今夜月儿分外明，花好月圆，心安然……

成人礼寄语

亲爱的宝贝女儿：

时间过得真快，一转眼你快十八岁了，即将迈入成年人的行列，爸爸妈妈由衷地为你感到高兴并衷心地送上我们的祝福：祝愿你永远快乐、健康、幸福！

记得十八年前你刚生下来时的样子，特别结实，乌黑的卷发，雪白的肌肤，像藕一样的胳臂小腿，非常可爱。你是上天赐给爸妈的宝贝，自然是爸妈心底的最爱。在我们十八年的精心呵护、倾心的付出下，你拥有了健康的体质：没有挂过一次水，没有住过一次院；你拥有了良好的品质：善良勇敢，勤奋正直；你拥有了开阔的眼界：广泛的读书和旅行中的见识。因此，亲人们都爱叫你"万事通"。从幼儿园的不输在起跑线上，到小学的多才多艺，再到初中高中的激烈竞争。这十八年充满风雨、充满阳光的成长道路上，一张张奖状、漂亮的成绩单、一份份获奖证书，无不记录着你的努力、你的坚强、你的优秀。现在的你已经成长为一个自信、快乐、独立的女孩。爸爸妈妈很开心，为你感到骄傲的同时，也非常感谢你这十八年来带给我们的无尽欢乐和许许多多美好的回忆。

十八岁的成人礼，是人的一生中最有意义也是最值得重视的一个转折点。意味着从现在起，你是一个有着公民权、有行为能力、需要承担责任的成年人了，不仅仅是对自己、对家人，还有对社会对国家甚至于对我们赖以生存的地球。同时，也意味着你需要做一个对社会有所奉献的人。因为人活着就要有价值、有所作为。其实不论你今后从事什么样的工作，不论成就大小、财富多少、地位高低，人生真正的意义就在于能够尽自己最大的努力，发挥自己所长，对社会有所奉献，无愧于心，并且生活得快乐而充实。

亲爱的女儿，你十八岁的成人礼对父母来说，也是一次思想的洗礼。今年下半年你将离开父母独自到国外去上大学，爸妈虽

然有太多的不舍、担心，但我们想想，你已经长大成人，羽翼开始丰满，雏鹰到了展翅高飞的时候。况且，你有着聪明的头脑、健康的身体、坚强的性格、独立的能力，我们担心什么呢？十八岁是希望，面对的是机遇、是挑战；十八岁是梦想，将在一个更广阔的舞台上，开始一段全新的征程；十八岁是拼搏，有着雄心壮志与奋斗的决心。亲爱的女儿，爸爸妈妈充分相信你、支持你。

在未来的人生道路上，爸爸妈妈希望你能够不断地完善自己。虽然生理年龄上你已长大成人，但心理年龄上你需要不断地学习。以下是爸爸妈妈的几点建议和希望。

第一，把健康放在第一位。没有健康的身体，什么都做不了。首先要科学合理地饮食和作息，良好的生活习惯会使你受益终身。其次是持之以恒的运动和锻炼，将会让你精力充沛，始终保持健美的体形和健康的指标。还有可以安排一些有意义的户外运动，亲近自然，挑战自我。

第二，努力学习和工作。在国外好的大学学习意味着你将比国内的学生付出更多的时间和精力，扎实地掌握好一门技能，厚积薄发，就能有一份好的工作，做自己喜欢做的事，因为机遇总是青睐有准备的人。还有多读书，读好书，读一辈子书，每天坚持，哪怕半小时，你将受益匪浅。

第三，学会做人，懂得感恩。保持你的善良诚实的品质，真诚待人，珍视友谊，同情弱者，帮助苦难者。学会欣赏他人的优点，学会宽容和忍让别人的缺点，同时也要了解自身的缺点，并努力克服。要懂得关心他人，在协作的团体氛围中去行事，去发挥。多为他人着想，学会爱，学会关怀，懂得彼此尊重，诚实守信，才可能得到他人的接受和认可，获得他人的友谊。懂得感恩父母亲人、感恩老师同学、感恩帮助过你的人、感恩批评你的人，感恩世上一切真、善、美的东西。感恩大自然赐予人类的一切。

第四，学会客观且乐观地对待生活，保持快乐的心情。你要懂得，生活有时候并不像你想象的那么公平，世界上也没有完美的人和事物，将来无论遇到什么样的困难、挫折，都要学会坦然面对，接受现实，沉着应对，学会三思而后行。对人需要真诚信任，理解宽容，多从别人的角度去考虑问题，这样你就会释然。在遇到困难时，千万不要急躁生气，因为这样根本解决不了任何问题，还会让自己受伤；因为生气是用别人的错误来惩罚自己。所以应该是找出问题的关键，思考采取什么方法来加以解决。记住，别钻牛角尖，退一步海阔天空，没有过不去的坎，天永远也塌不下来。千万别让别人左右了你的心情。你一定要乐观，只有快乐和自信的人才能解决问题，战胜困难。

亲爱的女儿，在你今后的道路上，不论将来你走到哪里，不论你快乐还是痛苦，成功还是失败，顺利还是挫折，你要永远记住爸爸妈妈总会在你的身后，是你最坚强无私的后盾，是你胜利时的欢呼、失败时的港湾，是你的依靠。我们永远爱你、陪伴你、支持你、信任你。

爱你的爸爸妈妈

有你相伴，真好

——给女儿

岁月如梭，不经意间划过了一年又一年。转眼已 19 个春秋，我们朝夕相处，一同走过平凡而又幸福的时光。是上天赐给我如此的幸福，让我心存感激。

在人生的路上，你已成为了我最关注的焦点、最亮丽的风景，最动听的音符。

有你相伴，真好。

在收到录取通知的那一刻，我知道你即将远行，带着你的理想、你的追求，到更广阔的天地去翱翔。是的，未来的世界属于青春无悔的你。

过去的一年里，你的成长让我惊喜：半年的准备，你如愿以偿，踏出国门，是你的心愿。

一个人，北京城里的苦读；一个人，香港城里的高考。其中的酸甜苦辣，坚强执着，我能理解并感欣慰。

半年的计划，你拿到驾照，学会游泳，是你的目标。安排合理，规划有序，我不再担心。

体贴如你，买菜、做饭、家务，让你学会了感恩，学会了生存。

细心如你，给爸妈办的游园卡，让你的爱心、孝心温暖了父母的心。

周末的紫金城里，一家快乐的身影映照在青山绿水、鸟语花香中。

我们旅行、畅谈、珍惜并享受这快乐温馨的时刻。

春华秋实，爱去爱返。我知道，你已长大，我们不会朝夕相伴，但我们的爱，从未离开。在渐行渐远的目光中，你依旧是我心中的温暖印记，依如昨日一般清晰。

有你相伴，真好。

爱心茶包

　　"女儿是父母贴心的小棉袄"，这话说得一点不假，我现在有了深切体会。

　　前段时间，我在一本书上看到了养生茶包的制作方法。其中有一篇关于解醉酒的配方，正好适合我家那位先生。因为先生单位业务繁忙，经常需要应酬，难免喝多喝醉。在屡劝不改的情况下，只好退而求其次，拯救身体比拯救灵魂要来得直接。

　　照着方子去药店采购，其中一味中药缺货，跑了几个药店都没有。于是网上查找，终于买到了。在处理药材的时候，令人头疼的问题出现了，这味药如同小扁豆般大小，又硬又滑，无法切碎。又正逢春节期间琐事缠身，做茶包的事暂时搁浅了。

　　直到女儿放假，在整理柜子时，翻出了我的茶包材料。听说是为老爸准备解酒用的，还有一味药等待处理时，立马说："老妈，我来。"

　　对于我纠结的事，女儿没费事就解决了。她先仔细地将材料挑拣，去除杂质，洗净沥干后，装入料理机，"哗哗"几下，就打碎成了粉。真佩服年轻人的脑袋，机灵又聪明。接下来，我俩开始装袋。四种材料，分别称量好，均分 20 等份，按顺序摆放。只见女儿埋头弯腰，仔仔细细地将一份份药材装入茶包袋包好。

我打趣地说："宝贝啊，你老爸愿不愿意喝呀？"她说："老妈放心，老爸不喝我也要让他喝，不然就不让他喝酒。"看到女儿斩钉截铁的样子，我欣慰地笑了。

果不其然，走着八字步的先生一回家，女儿立马就用茶包泡水，递给他，他眯缝着眼看着茶杯，说："这一包东西里面是什么呀？能喝吗？"女儿说："老爸，这是我们为你准备的解酒茶，你一定要喝，对身体有好处。"看着女儿一脸的认真劲，先生脸上笑开了花，连声说："好好好，我喝我喝，一定喝。"立马端着水杯上楼了。

当晚，先生一觉睡到天亮，没有打呼。

青春盛宴

北半球的五月，阳光煦暖。一出机舱门，清新的空气扑面而来。远眺，湛蓝的天边，白云连绵如雪山，升起在地平线。这次应女儿所在美国大学的邀请，我和孩子爸千里迢迢赴美，来到她所在的美丽校园，参加她的大学毕业典礼。

一早，精心打扮一番的女儿神采飞扬，眼眸明亮。当她穿上学士服，戴上学士帽，蹬上高跟鞋，站在我们面前时，高挑挺拔的身姿，由内而外地透出一股逼人的青春气息。我不得不承认，面前的孩子，已经成长为一个不折不扣的大人了。

为参加孩子的毕业典礼，我专门挑选了典雅端庄的旗袍，孩子爸则是西装革履，风度翩翩。我们手捧鲜花，盛装亮相校园，郑重而欢喜。

庞大的体育场馆内，人头涌动，梯形看台上坐满了来自世界各地的学生家长及亲属。我旁边的位置上，老老小小，一家来了十几口人。还有不少坐着轮椅来的老奶奶，她们笑靥如花，一脸喜庆。

中午 12 点，毕业典礼正式开始。首先是学校乐队的交响乐演奏，典雅舒畅的乐曲在大厅内回旋，宁静而美好的时光在静静流淌。随即校长教授们一一出场、入席。当乐队再次奏起快乐的进行曲时，学生们穿着统一的学士服，在导师的带领下，缓缓地走进会场。顿时，家长们激动地站了起来，全场欢呼鼓掌，掌声经久不息。

待同学们坐定后，校长开始主持典礼。播放校歌时，孩子们声音嘹亮，节奏欢快。接着校长、校友代表、学生代表发言。他们诙谐幽默的语言、轻松自由的神态，赢得现场观众们阵阵的笑声和掌声。

接下来，校长点名让每一位同学上台，接受学校颁发的学位证书。每当报到一位同学的姓名时，家长们都大声地呼喊、欢叫，气氛欢快而热烈。忽然，台下一位老师的行为引起了我的关注，只见他细心检查同学们的服饰，并伸手将每位同学帽子上的穗都拨一下，再轻捋一下，不厌其烦。如此不起眼、可有可无的举动，体现了满满的爱心和真诚，我的内心充满了感激之情。

女儿坐在第一排，通过相机的长焦镜头，我可以真切地看到她的神情。稳重不失活泼的女儿，自始至终都保持着笑意盈盈的姿态。她戴着与众不同的白色绶带，这是荣誉学院的标志。因为她同时拿到了两个专业的毕业证书，收到了两个学院的邀请典礼。这是孩子自强自立、刻苦学习的成果。当主席台报了她的名字，她大大方方地上台，喜悦地和校长握手，接过证书。当面对摄影机的那一刻，孩子的天性使她做了一个俏皮的手势，大屏幕立即播放了她可爱的造型。那一刻，她是全场瞩目的焦点，所有的人都为她鼓掌、祝贺。第一次参加如此隆重的毕业典礼的我，更是抑制不住地站起来，挥舞着鲜花，大声呼喊着她的名字，热泪盈眶，激动不已。

毕业典礼在优雅浪漫的交响乐中结束。孩子们先离场，接着是校长、教授们一一离场。这一小小的离场顺序，体现了学生在学校中的地位与校方对孩子们的尊重和呵护。

学校用心营造的极具仪式感的毕业典礼，让孩子在父母、老师和同学们的亲眼见证和祝福声中，度过了他们人生最重要的时刻。也是父母和亲人们一生难以忘记、镌刻于脑海中的闪光记忆。同时，学校和家长们发自内心地对孩子们的祝福，也让孩子们明白，他们被所有人爱护、关心和尊重，内心自会产生一种强烈的自豪感和使命感。

感谢孩子将她生命中最灿烂的时光与父母分享，让我们的内心充满了温暖、喜悦和自豪。这是孩子在用自己的特殊方式表达对父母的感激和爱的回馈。

路漫漫其修远兮。愿孩子在新的征程上永远保持一颗进取之心、感恩之心，并具有责任心和担当精神，脚踏实地，追求卓越。同时也要懂得，肩上所担负的为家庭、为社会、为人类奋斗的使命感，满怀温暖与憧憬，去接受未知和挑战。

什锦菜，腊月里的美味

前两天，我下班回家，刚进家门，一股浓郁的菜香就扑面而来。只见母亲端着一大盘氤氲着热气、色彩斑斓的菜肴，从厨房走了出来："快来吃饭吧，尝尝你最爱吃的什锦菜。"母亲难得到我家来，却依然不舍得闲着。旁边，放了寒假的女儿开心地说："老妈，今天我给外婆做助手，也学会烧什锦菜了。"

盘子里，胡萝卜的红、金针菜的黄、莲藕冬笋慈姑的白、木耳香菇的黑、芹菜叶的绿等，看着都是美美的享受。我迫不及待地抓起筷子，夹了一口送进嘴里。冬笋脆嫩鲜香，百叶木耳劲道爽滑，好吃。再夹一口，香菇浓香软糯，蘑菇平菇极鲜，香芹爽口，真是美味。再来一筷子，慈姑甜糯，莲藕清脆，荠菜清香。各种滋味弥漫在整个口腔，合着脆崩的声音钻进了鼻子和大脑，唇齿含香中，一曲色香味俱全的交响乐上演了。

很久没有吃到母亲烧的什锦菜了。记得小时候，每到腊月下旬，母亲都会烧一大锅什锦菜。由于年前特别忙，腌腊肉、灌香肠、磨豆腐、蒸包子、给孩子们做新衣、扫尘、置办年货等，来不及做菜，什锦菜最方便，随吃随取。

母亲做的什锦菜，作为年夜菜中的一员，更是受到家人的一片赞叹。这道色彩缤纷、入口清香、满齿爽脆的蔬菜，不输任何一道大菜，让味觉、视觉、听觉都是满满的享受。

母亲选择什锦菜的原料颇为讲究。什锦菜又名"十样菜"，当然也可以选十二样或十六样。每样菜都有个好口彩。其中，黄豆芽形状像如意，有"事事如意"的说法；荠菜是"聚财"的意思；芹菜表示"勤快、勤劳致富"；黄花菜代表"花样年华、前程似锦"；豌豆头表示"平安"；香菇意为"和和美美"；笋一定是"节节高"；百叶有"千秋百代、代代兴旺"的说法；胡萝卜就是日子红红火火的意思……

所以，什锦菜不仅色香味俱全，更有寓意生活五彩缤纷、十全十美之意。

江南人过年吃"什锦菜"的习俗，在清代文献里就有记载。民国学者潘宗鼎在《金陵岁时记·十景菜》中写道："除夕，人家以酱姜瓜、胡萝卜、金针菜、木耳、冬笋、白芹、酱油干、百叶、面筋十色，细切成丝，以油炒之，谓之十景。"

记忆中的美味，总能将人的味觉唤醒，让人追寻。有了自己的小家庭后，我也学着每年腊月做什锦菜。虽然女儿爱吃，但她总说："你烧的十样菜没有外婆烧的好看、好吃。"这次母亲来，我正好请教。

母亲说："我知道原因，主要是你太忙了。其实，烧菜和做事一样，都需要静下心来做。不仅原料要精挑细选，买回的干品，如笋、香菇、金针菜等，都要花时间泡发好。莲藕、木耳等，均需切细，才入味。每一道菜的熟制时间不一致，要分别下锅煸炒。"还特地说："调料只需要放盐和少许糖，不用放味精、酱油或其他佐料，每样菜才能显示出它独有的颜色、香气和口感。"

难怪母亲常常一忙就是半天，不马虎，不嫌麻烦。我现在终于明白，如此味美鲜爽的一道什锦菜，是母亲把她对家人的爱、对土生土长食材的虔诚、对生活的仪式感和美好向往都融入在菜肴中了。

体 检 记

　　老妈今年 70 岁了，身子骨还挺硬朗；满头的银发，卷曲饱满，看起来特别精神，笑意融融的脸庞上架着一副眼镜，让人感觉特别亲切。

　　前段时间，老妈原单位关爱退休老人，已经在医院办理好了体检项目，电话嘱咐子女近期带老人去体检。

　　我赶紧把这件好事告诉老妈，请她安排时间，回老家一趟。谁知老妈却说不去。我很纳闷，小弟随后告诉我："老妈是考虑你上班比较忙，不想耽误你的时间。她前段时间因胃不适去过医院了，我是在家里发现胃药才知道的，她说没有问题。"

　　老妈的儿女心很重，以前身体哪里不舒服，从来不告诉子女，能扛就扛，实在不行，就自己去医院开点药，展现在子女面前的永远是一副开心快乐的模样。

　　周末，我开车去了小弟家，当着她老人家的面联系好了在医院的好友，预约了 B 超。看我一切安排妥当，老妈也不好拒绝，当天就跟我回了老家。

　　体检这一天，我特地请了假，一早带老妈来到医院，挂号大厅内人满为患，药味、汗味、消毒水的味道混杂在一起，充斥着我的鼻腔喉咙，瞬间感觉呼吸都不顺畅了，还有点反胃。检查区的各科门口，排起了长长的队伍，嘈杂的人声，使我的头脑阵阵发胀。老妈挽着我，跟没事人一样，语气温和地和我说笑着，目光淡定地看着周围的一切。

验血时，年轻的护士抓着老妈的一条手臂，上摁下按，左拍右拍，找了半天血管，扎了一针，发现血流不畅，拔下，又换了一只手臂，折腾好一会儿，才抽出两大针管血液。我皱着眉头，硬是强忍住没发火。老妈不仅不恼，还笑眯眯地安慰她："年纪大了，血管难找了，你不要着急啊。"一脸紧张的护士感激地连声道谢。

接下来，排队眼耳鼻喉、心电图队，再去排骨密度那长长的队伍。

当 X 光透视肺部结束时，我去接老妈，看见她在和医生握手致谢，医生顿扫一脸疲惫的表情，脸上笑开了花。

老妈对我说："做医生很不容易。你看，每天面对那么多愁眉苦脸的病人，心情一定不好，我们要理解要感恩。"听着老妈的话，我释然了。体检结果是，所有项目除了胆固醇稍高一点，其他指标均在标准范围之内。

我终于松了口气，心也定了。回到家，老妈开始教导我："一个人身体的好坏在于自己掌握，坚持每天运动，三餐饮食注意，早睡早起，最主要的是要有乐观的心态。我现在很担心你们年轻人，平时忙起来就不注意自己的身体了。"

老妈说得很有道理。她不仅爱看书看报，与健康有关的内容都记录下来，而且无论酷暑严寒，刮风下雨，每天坚持锻炼；一生钟爱的太极拳，也打了将近六十年，从没有间断过。

听着老妈的唠叨，我没有不耐烦，相反还很受用。虽然她老人家从小到大讲述的各种经典语录，让我们的耳朵生了厚厚的一层茧，现在想来其实是对子女无限的关爱。无数的念叨和身体力行的榜样作用，潜移默化地影响了我们，也让我们逐渐养成了一些良好的生活习惯，收获了健康的身体。

这，都是无价的。

记得给老妈打电话

"记得给老妈打电话。"为了提醒自己给老妈打电话，我在QQ首页上特别写上了这句签名。

曾要求自己隔三岔五电话慰问一下不在身边的老妈，但常常因忙于工作、孩子而忽略，等老妈关切的电话打来时，心里不由得愧疚。但即使这样，往往还是不能遵守承诺。

快七十高寿的老妈，就我和弟弟两个孩子。爸爸去世得早，她的心思全放我俩身上了。每天买菜烧饭，忙忙碌碌，尽心尽力地照顾着弟弟一家，从无怨言。而对我，几乎每天都会打电话询问情况，吃饱，穿暖，无一不牵挂，只为听到我一句开心的话语才能安心。我知道，老妈的要求并不高：一家人开开心心，快快乐乐，平平安安，比什么都好。

在老妈的眼里，我们依然是孩子。而我们又多么希望自己还是孩子。

老舍在他的散文《我的母亲》里这样说："人，即使活到八九十岁，有母亲便可以多少还有点孩子气。失了慈母便像花插在瓶子里，虽然还有色有香，却失去了根。有母亲的人，心里是安定的。"因为有着母亲的照顾、庇护，所以就算我已经不再年幼，可还是觉得自己仍未长大。

事实上，随着我们年龄的不断增长，感觉到父母的要求真的越来越简单，也许只想你能给他们打个电话，或多在家陪陪他们。

而就是这点小小的要求，我们总能找出各种借口原谅自己，并且心安理得地享受他们无微不至的关心。对于父母，我们总是忽略得最多的吧，仿佛他们为我们所做的任何事情都是天经地义的。

光阴流逝，我们在关注着自己孩子一天天长大的同时是否注意到我们的父母在一天天老去，是否想过有朝一日将会和他们分别，永久地分别。我们甚至不能算出还能和父母在一起待多长时间。随着生命烛光的渐渐暗淡，和他们在一起的日子将会成为我们的一种奢侈、一种祈望。

不养儿，不知报娘恩，现在的我深刻地领悟到了做父母是多么不易。无私奉献，不图回报地付出，真可谓可怜天下父母心。现在的我也希望不会再愧疚，"谁言寸草心，报得三春晖"，一定会让老妈在接到我电话的每一天都犹如五月的第二个星期天。

母亲节感想

5月11号，周末，恰逢母亲节，想想也好久没见老妈了，于是计划着全家去一趟。女儿非常赞成，说正好和外婆去爬爬山。先生呢，当然没二话，去看丈母娘，首要事件，绝对服从。于是电话提前两天预约，让繁忙的老妈抽出时间来接见我们。

45公里，不算远，但我们平时忙于工作家庭，最多节假日去一趟。有时想让老妈住到我这里，她又觉得不方便。想我了，来几天也就回去了，一年中，到我家不过七八次。平时想和我说说话，最多也就打打电话。但让我感到内疚的是，总是老妈温馨的电话先打来。

为了不让老妈忙乎，我们在饭店吃了一顿愉快且美味的中餐后，一起来到了风景优美的南山。山上自然景观优美，人文景观丰富，竹林幽深，建筑古朴，书院清雅。

一路上，老妈拽着我女儿的手，嘘寒问暖，关心备至，我调侃老妈说："不用担心，她都是大人了，会照顾好自己的。"老妈顿时责备起我来："你还是大人呢，都不晓得照顾好自己，何况她还是个小孩子。"

好吧。挽着老妈拾级而上，吹着清新的山风，闻着缕缕花香，感到无比庆幸。慈母仍在，时光正好，想来，这是多么幸福的事。

半山腰的凉亭前有一块平坦之地，女儿便缠着外婆教她太极拳。老妈练习太极拳已经 60 年了，从未间断过，一直想教给我们，怎奈都没有时间。今天正好学几招。

"二揽雀尾""单鞭""白鹤亮翅"，没打几下，老妈已不记得招数了，比画来比画去，仍不连贯。以前能做的"金鸡独立""下势"等难度较大的动作，如今也已是力不从心。

看着老妈花白的头发，感受着老妈不如从前的体力，想着老妈不太麻利的家务活，心生感慨。"时间都去哪儿了，还没好好感受年轻就老了，生儿养女一辈子，满脑子都是孩子哭了笑了。时间都去哪儿了，还没好好看看你眼睛就花了，柴米油盐半辈子，转眼就只剩下满脸的皱纹了。"

时光流逝，岁月无情。老妈，你已经 70 多岁了，我只想告诉你，现在你的子女一切都好，你不用再为我们操心、忙碌。我们唯一要求你的就是：请一定多留一点时间给我们，当我们有能力照顾你的时候，让你的岁月走得慢一点，再慢一点。世界再大，没有你也不完整……

腊八节，与母亲的约定

每年腊月初八这一天，我都会接到母亲的电话。

其实每个星期，母亲都会打电话给我，嘘寒问暖，家长里短。虽是老生常谈，但我明白母亲的心思，她是不放心我。但是，每年腊八节的这个电话，常常让我泪目，因为这天是我的农历生日，母亲总是记得被我忽略的农历生日。

小时候过生日，没有蛋糕，但一吃到香喷喷的腊八粥，还有母亲特地为我煎的两个荷包蛋，就知道是我生日。那些红豆、绿豆、莲子等，经过充分浸泡，加上糯米，被母亲熬得软糯醇香，味美至极。

但自从有了自己的小家庭后，就再也没吃到母亲熬的腊八粥。只是每年腊月初八，母亲的电话和祝福都会如约而至，这让我感动又歉疚。

母亲为养育我们，吃了很多的苦。她平时任劳任怨地帮弟弟带孩子，有时我出差，母亲也会过来，帮我照顾一下女儿。

这次，弟弟打电话告诉我，说母亲到我这里来了，坐大巴车来的，让我去接一下。我立马开车来到大巴站台。我知道，母亲没有告诉我，是认为我工作忙，不想麻烦我。

远远地，站台上是母亲弱小的身影，孤零零地在寒风中等着公交车。背上背的麻布双肩包，压着她的背，佝偻得如同一只虾。来到近前，发现她的脸已冻成青紫色，皱纹似乎越发深邃，显得无比苍老。我的心隐隐作痛，赶忙下车。

母亲看到我，十分惊喜，说："你怎么来了？那么忙哪有时间啊。""我再忙，接您的时间总会有的啊。"我生气地拿过她背上的布包，发现分外沉重，母亲解释说："这里装了很多包子。前两天下雪的时候，我特地跑了好几站路，排了很长的队，才买到你最爱吃的菜包和豆沙包。要不是下雪天，都买不到哦。"母亲一脸得意地说。

我很惊诧："下雪天，还跑那么远，万一路上滑倒怎么办？"我不由得责怪起来。"冰箱里还有你上次给我包的粽子，还没吃完呢。"

"没事没事，包子我冻好了，随便啥时吃。"难怪这么沉。

第二天早晨，我来到厨房，发现母亲正开着电饭锅，手里握着一只勺，驼着背，虚着眼，瞅着勺里的食物叹气。随即，又倒进了锅里，自言自语说："糟糕了，还没有开花。"我诧异地走近。母亲见我来了，忙不迭地给我装了一碗粥，说："想着今天是腊月初八，你生日，所以给你煮了腊八粥。我昨天还想好要把豆子给泡上，可咋就忘了，你先尝尝，看是不是烂了。"

我捧着这碗热气腾腾的腊八粥，嘴里嚼着未煮熟的豆子，眼泪在眼眶里打转。很多年没吃到母亲煮的喷香的腊八粥了，一直想念，如今再吃，却是不一样的滋味。

母亲老了，眼花背驼，记性也差了很多，可我的生日她咋没忘呢。有母爱的岁月，是值得洒泪的感怀岁月。

"焉得谖草，言树之背"。我拿什么爱您，我的母亲。从今往后，我们约定，每年的腊八节，您吃我给您煮的腊八粥，咱们一起过生日，我要为您祝福，因为这一天不仅是我的生日，也是您的受难日。我们约好了，往后余生，愿时光不老，愿岁月慈悲，让我多些时间，牵着您的手，陪您看春花秋月，享世间美景。

我家的书房

我很羡慕女儿在学生时代就有了自己的书房。

20 平方米的房间内，四樘近乎通顶的书橱，静静地占据了一面墙的位置，上半部透明的玻璃门内，摆放了各种书籍：工具类、文学类、哲学类、教科书、百科全书等。下半部橱柜的木门里，摆放着看过的书及需要保存的书籍资料等。房间内，除了摆放的两盆绿植，再无其他摆设。

记得我上小学时，和父母弟弟住在一个四合院中。一家人挤在一个 18 平方米的板房里，除了一张大床、一张小床、一张吃饭的方桌、两个大衣箱外，再也放不下任何家具了，书橱自然是没有的。但父母会在每天饭后，抹干净吃饭的桌子，给我们写作业、练毛笔字、看书。

在那物资匮乏的年代，能够解决温饱就已经不错了，买书有点不太现实，但父母对孩子的教育从没有马虎。一到寒暑假，母亲会从县图书馆借回来一些书籍给我看。《红岩》《保尔·柯察金》《安娜·卡列尼娜》《战争与和平》等，这些大块头的书我也能通读下来，还有一些古代的历史书籍。从小学到中学，我唯一的爱好就是读书，那时的我，放假几乎不和同学们出去玩耍，这倒培养了我内心沉稳和超然的性格。

　　女儿刚出生时，先生单位分了两间房，我们把其中的一间给了帮我们带孩子的公婆，我们的一间房既是卧室，也是客厅，更是婴儿房，摆满了孩子吃喝拉撒要用的各式生活用品，别说书房了，书柜都没有方寸之地。因为白天上班，晚上又带孩子，看书的时间少而又少。虽然如此，但我对于书的需求和渴望没有减少，目标书籍自然就转向了和孩子的教育有关。

　　早教书那时非常少见，我从订阅的《读者》杂志上看到一则早教宣传的广告，邮寄过来后如获至宝。书就在床头柜上执着地占据了一角。按照书中说，在孩子大脑发育的关键时段，给孩子说话、唱歌、听音乐，不用担心孩子听不懂。又按图给孩子做一些肢体操，和孩子既是交流，也是锻炼。通过实践，我发现女儿从小口齿清楚，语言表达顺畅且活泼好动。从现在开展得如火如荼的早教培训机构的操作来看，当时书本上的知识应该是非常科学实用的。

　　孩子3岁时，我们搬了一次家，单位分的两室一厅，比原来多了一个客厅，电视柜成了书柜，我订的儿童读物与孩子的各种玩具混在了一起，一边和孩子玩耍，一边念儿歌讲故事。

　　孩子上小学时，108平方米的新套房依然不能解决书房的问题。因为孩子的爷爷奶奶一直和我们住在一起，两室一厅，客厅肯定要有的，又安排了6平方米小房间作为餐厅，一家5口人可以好好围坐一起吃个饭。所以，只能在我们卧室外1.5米宽的封闭阳台上放了一张写字台，装上了台灯，四周的玻璃窗全部挂上了窗帘。阳台另一头摆放了一个书柜，里面塞满了儿童读物。这样的书房，虽然简陋，但很安静，有时女儿看书入神，往往要喊上多少遍才恋恋不舍地放下书过来吃饭。就在这样的书房里，女儿写了一篇《我的书香家庭》，在学校获了奖，并获得了那一届"黄奕聪奖学金"。

　　女儿将要上高中时，我们又搬了一次家，书房被重点安排在了二楼的南边，一年四季都有暖暖的阳光照进来。看书累了，可以打开落地玻璃门，来到阳台上，俯瞰楼下烂漫的樱花、雪白的玉兰、丽质的茶花、馨香的桂花，满目都是清新的绿植，四季花香不断。

在把女儿的书房重点安置妥当后，我也奖励了一下自己，在三楼设计了一个小书房，那是我的小天地，可以安静地看书、写作、听音乐、做瑜伽、跳舞。

当今物资丰富，人们安居乐业，拥有一间书房对于很多家庭来说已经不再是奢望，对孩子的教育，家长们倾力而为，书橱里有了各种琳琅满目、品种繁多的书籍。如今，网络发达，电子读物盛行，比如，Kindle 就解决了海量书籍的购买和存放问题。手机软件的便捷使用，更可以使人们随时随地利用任何点滴时间进行阅读。

你读过的书和你的书房的大小、奢华程度不成正比。书读了才是自己的，不读，书还是书。

道之所存，师之所存

喜欢太极拳，源于母亲对太极拳的爱好，她让我明白太极拳是中华文化的瑰宝，不仅可以强身健体，还可以修身养性。由于工作忙忙碌碌，母亲又离我较远，一直没有真正接触它。直到去年春天，在家乡的赤山湖畔，玉敏老师和她的学生们表演了一场太极功夫扇，彻底征服了我。她们在台上行如风，站如松，开扇合扇如行云流水，刚柔并济。特别是老师的劈叉收官动作，利落优美，看得我如醉如痴，不由得激发起了我内心深藏多年的爱好。

我开始关注她们。发现玉敏老师经常带领学生在社区进行太极拳的义演活动，有很多太极爱好者加入了她们的队伍。听她的学生说，老师自 50 岁退休后开始练习太极拳，目前已有 10 多个年头了。她对自己要求比较高，喜欢学习揣摩拳术，还经常参加全国太极拳大赛，每次都名列前茅。

玉敏老师高超的技艺和内在的品行让我钦佩，我决定跟着老师学习。教拳之前，玉敏老师坦诚地说："太极拳是我国珍贵的传统文化，需要我们大家来学习和继承。因为对太极拳的爱好，我们相聚在一起，真的是一种缘分。我一定会毫无保留地免费教你们。"老师心中的大爱和无私让我感动，坚定了我学拳的决心。

刚开始练习太极，怎么迈脚、怎么抬手都不会，老师耐心地手把手教我。比如，白鹤亮翅、云手等，这些动作都要以腰为轴心，带动手臂，眼随手动，心随意合，太极的精气神才可以由内而外地显现。她一边示范，一边解说，仔细又认真。阳光下，我发现老师的鼻尖、额头上汗滴晶莹闪亮，双颊绯红的脸上，眼神无比明亮清透。

在学习太极之前，我一直认为这是老年人喜欢的运动项目，动作轻柔简单，不需要费劲费神就可以学好。所以一开始信心十足，恨不得把所有动作都比划出来。但是玉敏老师却让我一个动作练习好多遍，每天反反复复地走太极步、站桩、踢腿，十分枯燥乏味。我开始有些浮躁，每天都盼望着下雨，就可以赖床，不用起早练拳了。

老师发现了我的懈怠，对我说："你的身体条件非常好，悟性比一般人强，学拳也快，但是基本功不够扎实，动作飘忽，没有沉下来。学习太极，掌握的不仅仅是外在动作，还有内在的功力。为什么太极会有一种绵绵不断的蚕丝劲，这是需要不断的练习和琢磨，心沉静下来练才行，真正想学好太极，一定要心无杂念，回归本心。"老师的一席话，让我既羞愧自责，又增强了信心和力量。

每天清晨，太阳刚刚升起，我就来到了拳场。玉敏老师带着我们闻鸡起舞，挥洒汗水。不论寒来暑往，春去秋来，坚持冬练三九，夏练三伏。老师如此坚持执着，我又怎敢偷懒图安逸。公园里，我们的矫健身影中，蕴藏着春梅的绽放，夏荷的绚烂，秋枫的火红，冬雪的宁静。我们闻花香弥漫，听蝉鸟和鸣，在悠扬空灵的太极音乐声中，吸天地之精气，抛凡尘之纷扰。我的心开始变得宁静从容，不再急躁和虚浮。

《道德经》中的"上善若水"，指的就是水滋润万物而不争利。玉敏老师细致入微的教导、大道如水的品行感染着我。世上大凡习武有造诣之人，都是以德为基础行事，以仁爱为内在修养，以精湛的技艺造福于大众。我想，这就是人生的至高境界吧。正如韩愈《师说》所言："道之所存，师之所存也。"

带着老妈游泰国

春节过后，天气渐渐暖和。我和母亲商议到泰国自由行，不急不慌地玩。为了母亲不寂寞，我还请了 60 多岁的太极老师一起陪她，母亲听了很开心。

护照办理得很快，签证是落地签，直接机场落地办理。为了不让老人家在机场等签时间过长，我在飞机上就填好了入境卡、申请单，一下飞机直奔海关办理签证。因是自由行，没有出现大批旅行团拥挤排队的情况，手续顺利，十分钟就办好出关了。

芭提雅是泰国最著名的海滨城市，有东方夏威夷之称。而天空画廊则是芭提雅最美的海滨休闲胜地。因建造在塔纳克山上，背山临海，风景极美，是人们休闲度假、欣赏海景、愉悦心情的好地方。我们选择在悬崖边区域、有百年老树遮阳的最佳观景位置坐下。这里可以 180 度直面大海。我们一边吹着凉爽的海风，不急不慢地吃着美食，一边居高临下地欣赏着美丽的沙滩和无垠的海上风光。抬头，遮天蔽日的大树间，不时有几只松鼠蹿来蹿去，有时还会跳下来觅食，让老人家惊喜连连。

傍晚，夕阳西下，蕴着金色，洒向天地间，周围的一切仿佛披上了金缕衣。我们沿着大树旁的一条曲折阶梯向下，来到了海滩上。赤脚走在白色绵软的沙滩上，感觉细沙调皮地从脚缝中钻出，痒酥酥的，很惬意。两位老人家一边在海边慢悠悠地散着步，一边舒畅地聊着天。我则端着相机，给她们拍照。老妈说，好久没这么放松，看到这么美丽的风景了。

芭提雅东芭乐园是一个很有特色的民族风情园，环境优美雅致。因老人不太适合激烈的水上运动，于是提前在网上订了东芭一日游的行程。费用含在到酒店接送、门票等，对老人来说十分便捷，免去了跑路、打车、买门票、请导游讲解等琐事。

我们在里面观看了泰国的民俗表演。身着艳丽服装的演员们，向我们展示了泰国从古至今的历史文化变迁，场面恢宏；大象们则炫耀了它们的各种技能：投篮、转呼啦圈、踢球、按摩、绘画等。最后，我带着二位老人骑上大象，绕园一小圈，让她们享受了一下古代帝王端坐大象之背，颇有高高在上、威风凛凛的气势。两位老人乐得嘴巴一直没有合拢过。

下午去了杜拉拉水上市场，这里的商品琳琅满目。我们点了特色小吃：杧果糯米饭、鱿鱼小丸子、榴梿雪糕、冰沙果汁等。两位老人从来没吃过这样的美食，新鲜又好奇，如孩子一般，询问来询问去，还仔细研究做法和口味。

泰国很多景点我都去过了，但两位老人是第一次来，我给她们做起了向导，带她们到曼谷参观大皇宫和玉佛寺。走进大皇宫，仿佛走进了童话世界，一栋栋有着尖尖的屋顶的殿堂，表面镶着片片细密的金片，在阳光的照射下闪着耀眼的光芒；绿色瓷砖屋脊，紫红色琉璃瓦屋顶，凤头飞檐直指天空。

大皇宫类似中国的故宫，只是小了很多，是泰国历代王宫保存最完美、规模最大、最有民族特色的王宫。庭园内绿草如茵，鲜花盛开，树影婆娑。两位老人像刘姥姥进大观园，处处新奇赞叹，还拍了很多照片。

玉佛寺是泰国最著名的佛寺，位于大皇宫东北角。整个佛寺装饰金碧辉煌，大雄宝殿内供奉的翡翠玉佛（释迦牟尼）是泰国最重要、最有价值的国宝。寺中大小建筑物皆精致无比，装饰水平，均属上乘，充分表现出了泰国宫殿艺术特点，庄严辉煌，扬名世界。

自由行的好处是不用跟团赶路，可以随自己的心意安排活动。清晨，我们仨迎着朝阳，打了几套太极拳，然后洗个澡，8点左右到餐厅悠闲地吃早餐。中餐、晚餐就在海边吃特色虾仁炒饭、面条、罗宋汤等，喝茶、椰汁或芒果汁，还有丰富的热带水果，口味俱佳。晚上则是游游泳，泡泡澡。

曼谷是国际化大都市，酒店豪华，商务气息较浓，不太适合老人。于是，我在网上查看了民宿，定了家庭套房，两间卧室、三张床，两个卫生间，一个大客厅，100多平方米，温馨舒适。特别是异国风情的装修格调，给人耳目一新的享受。餐厅连着敞开式厨房，里面还配有锅碗碟筷，甚至有榨菜、调料等，设施比较齐全。

泰国菜煎炒油爆、辛辣味的食物比较多，老人吃不惯。我就在公寓附近711便利店买了一些蔬菜、鸡蛋、牛奶、水果、面包等，准备好好利用一下现代式厨房。早餐，我们自己做面包鸡蛋三明治，配上牛奶、水果，还用煎锅做了胡萝卜洋葱鸡蛋饼，味美至极，色香味俱佳，一点不亚于宾馆内的自助早餐。

下午，我们仨逛完街，又去超市买了肉末和水面，买了一些蔬菜水果。洋葱炒鸡蛋、黄瓜火腿肠凉拌、炒空心菜、炒土豆片。老师做肉圆如同玩魔术一般，顺溜麻利地挤到锅里，眨眼间，一粒粒小丸子在水中开始跳舞，不一会儿，香喷喷的肉圆汤就做好了。仅这一道白菜肉圆蘑菇蛋汤，老妈就直呼吃得过瘾。晚上再煮点面条进去，鲜美无比。

泰式按摩在东南亚乃至世界上都是十分出名的。酒店附近就有一家，我带着两位老人去感受了一下。按摩师们的手法细腻，力量均匀，运用手指、手掌、手肘及膝盖等部位，轻柔按压客人的身体穴位，从脚趾开始做起，一点一点向上直到头部。推拉揉捏，松筋松骨，细致到位。做完后，你会觉得浑身经络通畅，非常舒服。

六天的自由行，两位老人一致认为吃得好、住得好、玩得好，十分满意。回来后，老妈喜滋滋地发了朋友圈，亲朋好友纷纷点赞，她也很得意。

下次，还要带着老妈去旅游。

维度七

一花一世界

吃 茶 去

茶。

香叶，嫩芽。

慕诗客，爱僧家。

碾雕白玉，罗织红纱。

铫煎黄蕊色，碗转曲尘花。

夜后邀陪明月，晨前独对朝霞。

洗尽古今人不倦，将知醉后岂堪夸。

唐朝诗人元稹的这首宝塔诗读来饶有趣味。不仅写出了什么人爱茶，如何饮茶，茶可解乏醒酒，还生动地道出了叶的芬芳、芽的娇嫩、茶沫如花。色彩也丰富——白玉，红纱，黄蕊色。而饮茶时，最好夜伴明月，晨对朝霞。看来，爱茶的元老先生已进入了茶神奇妙用之境界。

四大古典名著中，《水浒传》《西游记》多次描写到名茶、茶器、饮茶习俗，而《红楼梦》更是满纸茶香，曹雪芹大师细致、传神地写出了中国茶文化的精髓。在古诗词中，茶文化的盛行从唐代开始，宋朝达到顶峰。

茶沐浴阳光雨露，汲取山间清流，是大自然赐给人类的灵物。自魏晋以来，已经上至天子，下达百姓，成为一种极有价值的饮料，人们的生活中既有柴米油盐酱醋茶，也有琴棋书画诗酒茶。

茶文化如此博大精深，让人如何不钟情？最初对茶的喜爱，只因花果茶而起。爱美是女人的天性，玫瑰花、茉莉花、菊花等花茶美容养颜是不能错过的。果茶中的红枣枸杞、雪梨桂圆等适宜养生。茶叶中，红茶暖胃，适合冬天饮用。乌龙茶茶香馥郁，是工夫茶的最佳搭配。像普洱之类的黑茶需用沸水煮泡，得有闲工夫。看古人煮雪烹茶颇有意境，去年大雪纷飞之际，取梅上雪煮茶，喝的是茶，愉悦的是心情。其实，我平日里喝茶，最喜欢家乡的茅山长青茶，简单易冲泡，清新养眼。

透明玻璃杯中，扁平挺直的深绿色长青单芽在小半杯水的滋润下，慢慢舒展成碧绿柔嫩的芽苞，轻嗅，清香在鼻间弥漫，仿佛置身雨后的山林草木间，不喝已醉。再次注入沸水冲泡，瞬间，翠绿的芽头根根直立杯中，如亭亭的芭蕾少女，在清澈明亮、碧绿如玉的水中轻舞摇曳，最后轻轻地站立于杯底，如新笋，赏心悦目。所谓"好茶"，依清代梁章钜《归田琐记》记载，重在其清。"香而不清，则凡品也。"浅浅地啜上一口，顿时，齿颊流芳，鲜爽清雅的滋味氤氲，让人回味。

"好山好水出好茶"，如此天地之灵物，得益于家乡江南小城得天独厚的地理条件，有 2000 多年历史的句容城不仅三面环山，怀中拥湖，是秦淮河之源头，更是佛道两旺的奇妙圣地。既有道教"第一福地、第八洞天"的茅山，又有佛教"律宗第一名山"的宝华山。因山中常年云雾缭绕，雨量充沛，土质肥沃，十分适宜茶树生长。茶圣陆羽为研究茶曾经拜访过茅山，后写出了《茶经》。而六下江南六上宝华山的乾隆皇帝，也由衷地慨叹"宝华深处秀，问路语吾曾"。

老子《道德经》说："道法自然""天人合一"，即讲究人与自然的相互融合。而茶道符合道家法则，修身养性，使生命的节律与自然的运作合拍。如能置身山林间喝茶，确实是一种享受。闲暇之时，我爱去茅山道祖老子脚下、喜客泉旁的道缘仙谷之地，那里颇为清幽。与三两好友共饮，听道音渺渺，看溪水潺潺，闻鸟语花香，品茶韵悠悠，无问西东。也特别爱去宝华山中，在晨钟暮鼓、经声佛号里，体味唐朝诗人卢仝《七碗茶诗》中，"一碗喉吻润，二碗破孤闷"之一二的意境，也就心满意足了。这恐怕就是佛家茶道"禅茶一味"、清静无为、淡泊超脱的意境吧。

茶中有道，茶可得道。一壶茶，一本书，一缕阳光，一丝清风。掬一捧月光在壶中酝酿，抓一把山色泡在草木里，给自己煮一杯岁月的清茶，静心品茗那苦涩与甘甜，将浮华三千喝到水静无声，将所有的心事、愉悦、荣辱全部稳妥地安放。

空持百千偈，不如吃茶去。

心似荷花开

六月是个多雨的季节，也是荷绽放的季节。夏日的雨后，我仿佛又嗅到了荷弥漫的清香，当下心动，于是来到了离家不远的公园，赶赴一场荷的盛宴。

遇见便觉得惊艳了。雨后的荷塘犹如一幅浓墨重彩的水墨画卷。一眼望不到边的田田荷叶，在微风中如碧波荡漾，绚丽多姿的荷立在水中央，宛若亭亭的舞者。她们舒展着纤细的腰肢，或含羞半开，或展露娇颜，更有那小荷尖尖蜻蜓立上头。"灼灼荷花瑞，亭亭出水中。"舒展的荷花瓣，像华美光洁的绫罗彩衫，在雨后阳光的照耀下，盈盈地透着亮，镶嵌其上的雨珠似水晶，耀眼夺目。

踏上通往河中的栈道，发现密密匝匝的荷叶足有一人高，像一把把墨绿色的小伞。往里走，不经意间就会被竞相探出的荷叶围住，叶儿们是想让我驻足，留下聊会儿天吧。不远处，一顶圆叶的心间，摇晃着一颗大大的雨珠，纯净透亮，悠悠折射着五彩的光。

我徜徉在花海中，左顾右盼，如小楫轻舟，梦入芙蓉浦。惊叹于白荷如雪一般的纯净，不染一丝尘埃，流连于粉荷的娇羞无比，惹人怜爱，赞叹大红的荷艳丽妩媚，喜欢黄色的荷淡雅清纯……我的双眼已应接不暇，无法将所有的美景尽收眼底，手中的相机虽一会儿远焦，一会儿近景，却总也拍不出荷的美。风吹来，浓浓的清香不由分说钻进了我的鼻尖、心田，感觉浑身每一个毛孔都浸满荷香，酣畅惬意。

午后的阳光热烈地游走在葱茏的绿叶和亮丽的荷花上，尽情倾诉着对荷的爱恋。徘徊在荷海中，没有酷暑炎炎，反倒有一种无限舒爽与清凉之感，渐渐地，心也变得宁静安然。一直倾心于荷的悠然恬静，有着出淤泥而不染的清澈素洁，迷恋于荷的灵动婉约，有着虽在红尘却纤尘不染的内心。醉心于它从《诗经》开始就根植于诗人们的心田，以君子之称，卓尔不群地行走在唐诗宋词里，盛开在明清水墨画中。而最让百花羡慕的是释道儒对她的青睐，奉它为神灵的宝座，成为吉祥好运的化身、普度众生的寄托。

我爱怜地托起一朵洁白莹润的荷，它芬芳的气息仿佛浸润了我的灵魂，我似乎也幻化为一朵荷，如荷一般清雅独立，虽生在喧嚣俗世，浸于人间烟火，灵魂却有所归依。"菩提本无树，明镜亦非台，本来无一物，何处惹尘埃。"不为境遇左右，不怨世道悲凉，超越琐碎和庸俗，大道至简，悠然于世。

我愿如荷一般极致绽放。尼采说："每一个不曾起舞的日子，都是对生命的辜负。"荷的花期虽短，生命有限，但活得通透、超脱，极致地展现它高洁的姿态。无论艳阳高照，抑或残荷听雨，一样迎风伫立，浅笑嫣然，坦然地接受生命原本该有的精彩和历练。刚中有柔，花开不言，花落不语，却自有一份娇美。正如徐志摩所说："最是那一低头的温柔，像一朵水莲花不胜凉风的娇羞。"

我更希望像荷一样静心素雅，禅意悠远。与山水作伴，独自清欢，在云淡风轻中，享受宁静致远的心境。一本节，一盏清茗，一首古曲，凭栏倚窗，沉醉于江南烟雨中，流连在一纸淡墨里，将荷的情怀注入笔墨指尖。不为物设，不为人羁。当淡看繁华时，一颗心自然可以被妥帖安放。"静看花开花落，闲看云卷云舒"，素心如简，从容得之，在时光的阡陌上，悠然绽放。

人间有味是清欢

二月的春雨，淅淅沥沥，滋润着大地，催醒了万物。大自然赐予人类最纯朴、最本真的美味——野菜也纷纷冒出了娇嫩的芽头。开春，最适合采摘的有枸杞头、马兰头、苜蓿头、荠菜等。这些药食两用的野菜这时最鲜嫩，多汁，营养丰富。一旦气温升高，就没有最佳的食用口感了。

上周日，我开车来到乡间，开春第一次采摘枸杞头。河两边，片片金色的油菜花田，镶嵌在绿意盎然的麦田中。大地仿佛换上了彩色的格子衬衣，焕发着勃勃的生机。

小路的两边，一蓬蓬的枸杞已冒出了新绿，枝条上还只是细小的嫩芽，从根部发出的苗壮的根芽是最好的。枸杞芽营养丰富，是名贵的食疗蔬菜。李时珍在《本草纲目》中就说："春采枸杞叶，名天精草；夏采花，名长生草；秋采子，名枸杞子；冬采根，名地骨皮。"可见，枸杞浑身都是宝。《红楼梦》里的宝钗和探春两位馋嘴大小姐，山珍海味吃腻了，也非要弄个油盐炒枸杞芽儿。

马兰头在田埂上丛生，新生的嫩叶尖，开水烫去涩味，用麻油香干拌食，唇齿留香。马兰头可以清热止血、抗菌消炎。如今市场已开展大棚种植，一年四季都可以品尝。秋天一到，路边盛开的一朵朵淡蓝紫色的野菊花，就是马兰花。

春天野菜口感最好，最鲜嫩的非苜蓿头莫属。苜蓿头开着漂亮的黄色小花，俗称草头、草籽、三叶草。一开春，长得特别快，一片一片的，得用镰刀割。烹饪时，只需清炒，吃起来都是那么鲜香爽口，百吃不厌。

野菜中，采摘时间最长、营养最丰富、吃法最多的是"百蔬之冠"的荠菜。从秋天到冬天再到春天，在田野、路旁、庭院都可以见到荠菜的身影。荠菜被古人誉为"灵丹草"，是不折不扣的"天然之珍"。我有时候趁着下班的空档也会去桃林挖上一袋荠菜回来，清炒、烧汤、包饺子，鲜美无比。

我在家里种植的野菜有菊花脑和金针菜。春天，墙角院落里最先显出绿意的就是菊花脑，可以从春天吃到秋天。夏天长势旺盛时，我就齐根剪去老枝，让嫩芽从根部发上来。最喜欢菊叶蛋羹，清香沁入心脾，令人神清气爽。

金针花也叫黄花菜、萱草、忘忧草，又称"健脑菜"，味道鲜美，营养丰富，能够抗衰老。金针花从夏开到秋，晨开暮闭，翠叶萋萋，花色秀丽，端庄典雅，让人感到亲切和蔼。古人把它比喻为慈母花。苏东坡曾赋曰："萱草虽微花，孤秀能自拔。亭亭乱叶中，一一芳心插。"白居易也有诗云："杜康能散闷，萱草解忘忧。"在窗台下种植了几蓬金针花，5 月份开花时节每天都可以收获二十来朵。新鲜的金针菜吃的时候需要用开水烫去所含的秋水仙碱，再配菜食用。市场上销售的一般都是干品，泡发后就可以做菜了。

每次爬山，寻找野菜似乎都成了惯例。小蒜、蒲公英、香椿头，山上有很多，清明时节也会上山挖一些出头的毛竹笋。5 月份的时候，一场雨后，山间还会冒出细如手指般的野竹笋，味道鲜美无比。

春日食春芽最合适不过。野菜因其采天地之灵气，孕日月之精华，纯天然，当令时，受到人们的喜爱。中医经典著作《黄帝内经》也说要"食岁谷"，就是要吃时令的食物。

千百年前的人类为生存而采食野菜，如今采野菜已成了现代人去乡村田野寻找乐趣、真味，感受淳朴、简单的一种生活方式。

"人间有味是清欢"，东坡居士的这种至高的精神境界是令人向往的。清中品味，清中得欢。而他的"循古城废圃求杞菊（枸杞头与菊花苗）食之，扪腹而笑"，更是他豁达淡泊的生活状态。远离城市喧嚣，忘却名利欲望，持有一种开朗和亲近自然的内心，走进山林，返璞归真，也可以"采菊东篱下，悠然见南山"。

火车遐思

　　火车里宛若一个缩小版的城市：一节车厢就是一个小区，一个铺位相当于一户人家。小区有高档和低档之分，火车亦有软卧硬卧之别。高档软卧门窗紧闭，私密性强。低档硬卧通透敞亮，更接地气。邻里间，有的串着门，聊着感兴趣的话题；有的自在逍遥，看手机或睡大觉；有的喜静，望着窗外的风景，想着若有似无的心事；有的举家或小团队出游，正好凑对打牌，相互逗趣，孩子们则在过道里嬉笑打闹，火车上的女售货员一边推着小货车，一边脆生生地叫卖："食品，饮料，现做的盒饭……"

　　火车平稳而有力地向前，悠悠晃动着，每到一个站点会缓缓靠站，再缓缓驶出，送走一批批离家出行或经过此地的旅人，迎接一批批来客和归家之人。站台上人来人往，他们大都背着包，拖着箱，偶尔抬头看下头顶的标识牌，遂又迈着匆忙的脚步，迅疾地低头赶路。

　　火车慢慢驶离，眼前的风景渐渐飘逝。我的思维迷茫了，火车将要驶向哪里？我进入了一种未知的境况，脱离了原本千篇一律、麻木而固化的环境。火车已将我带入了一种梦幻，不知道接下来会发生什么，但一定是待在家里感受不到、想不到的一切。

　　远处，地平线上是覆盖着白雪的绵延群山，它们亘古不变地矗立在那里，静谧安详。近看，田垄、河流、树木齐刷刷地从眼前飞逝而过，犹如一幅幅山水画，蒙太奇般变幻莫测。那一座座低矮的房屋，就建造在田边山下，村民们靠山依水而居，日出而作，日落而息。而这所有的一切，都存在着，你看见或看不见，这就是旅途中的风景，是旅行带来的新奇，是乘坐火车所特有的感受。

夜幕渐渐降临了，车厢内的人终于安静下来，昏黄的灯光中，疲乏的人们躺倒在了自己的一席之地，沉沉睡去，不时有阵阵鼾声传来。火车在飞驰，此刻，我睡意全无，仰望着窗外忽明忽暗的夜空，思绪在飞扬……

"去什么地方呢？这么晚了，美丽的火车……"

当火车驶过繁华的城市，楼宇路桥一片灯火绚烂，那里有热闹的酒吧和衣着光鲜的人们在尽情欢歌。我仿佛看见大楼的一扇窗前，孩子和往常的每一天都一样，趴在书桌前，埋头演算着各种试题，客厅里的男人正看着电视，不时摁着手中的遥控器，调换着频道，女人还围着围裙，低着头在厨房里忙碌着。阳台外，是广袤而深邃的夜空，无数的星光流泻在天际，是否有人和我一样看见了呢？

忽然眼前一片黑暗，"隆隆"的回声在耳边震响，火车进入了大山深处，人仿佛被带入了时空隧道，大脑一片空白，不知身在何方。混沌中，突然眼前一亮，轰鸣声戛然而止，火车已驶出了大山，世间又安定了下来，心也慢慢变得沉静了。

此时，我终于躺倒在柔软的床铺上，闭上了眼。平时工作和生活中的一些成就、挫败，在这全然陌生的环境下，在这奔驰的火车上，想来已是那么的渺小，微不足道。在摆脱了日常种种难以改变的安逸拘囿后，漫漫旅途中，反而产生了一种独特的想法，抑或是更加新奇的感受，甚至于有了一些诗意的存在。

是的，忙碌的生活已经让我们停不下追逐的脚步，现实中的生活也让我们忘记了初心的存在……

火车，带我离开。

"一个人要走多少路，才能被称作一个人？一个人要仰望多少次，才能看见天空？我的朋友，答案还在风中。"歌手鲍勃·迪伦的歌声，多少年一直挥之不去，那是因为心在歌唱，灵魂在回首……

莲之约

半夏，天气燥热，江南的雨季还有些湿闷。这几日滂沱的大雨让我揪心，你还好吗，是否安然？我有些担心。周日的上午，我迫不及待地匆匆赴约了，你在等我吗？心中的莲。

远远地，缥缈的雾气如一层薄纱笼罩着你。隐约地，你亭亭玉立于湖面，绿色的蓬裙衬着你纤细的腰肢，绯红脸颊的你正翘首张望，你是在等我吗？你不语，微风送来了淡雅的清香。

穿过栈道，终于见着你了。你翩翩起舞，娇羞颔首。粉裙的你妩媚动人，素白的你玉洁冰清，红装的你娇艳优雅，绿衫的你灵动雅致……每一朵都那么超凡脱俗，不染一丝尘埃。我的心一阵悸动，你我有缘，不早也不迟，遇见你，在你盛开的最美的时节。

我不由得把你捧在手心，痴痴地望着你，却不忍触摸你如雪的肌肤，因为你是那么圣洁、高雅，不沾一丝人间的烟火，唯美而空灵，只一眼，我已醉了。难怪有那么多诗人为你写下诸多传诵千古的赞美诗句。

"出淤泥而不染，濯清涟而不妖"、"开花浊水中，抱性一何洁"、"从来不着水，清净本因心"、"净根元不竟芳菲，万柄亭亭出碧漪"。莲，你冰魂玉魄，性空灵净，超然物外。难怪佛、道、儒对你都如此青睐，将你奉为神灵的宝座。

　　仙子如你，你翩然来到尘世间，是来度我的吗？弄花衣香，心生念想，一念心清静，莲花处处开。菩提本无树，明镜亦非台，本来无一物，何处惹尘埃。只希望在流年让自己的心宁静些许，淡然些许，亦如莲。

栀子花开

　　六月的江南草木繁盛，绿树葱茏。随着黄梅雨季的翩然而至，整个江南笼罩在一片蒙蒙烟雨中。滴滴答答，淅淅沥沥，扫却夏时的灼热，舒爽宜人。"黄梅时节家家雨，青草池塘处处蛙。"江南的雨中处处充满了诗意的风景。

　　中午，漫步在花园的小径中，两边的小草刚经洗涤，阳光下娇嫩滴翠，草尖上闪着晶亮的雨滴；月季花开到了荼蘼，雨打花瓣后落英满地；鸢尾正摇曳着光秃的花蕊，悄悄地在结它的种子。心下不由地感叹，林花谢了春红。忽然，湿润的空气中飘来阵阵幽香，我的心为之一震，瞬间，心情欢愉起来，我知道，这是栀子花开了，因它独有的香气。

　　循着花香四处寻觅，发现不远处有一株高大灌木，朵朵纯美洁白的花儿，如鸟儿般翩翩起舞，栖息于绿叶之上。走近细看，栀子花花瓣莹润饱满，如玉似雪，娉婷地立在枝头，淡雅脱俗，不用靠得很近，那幽香就会萦绕在你的周围，沁人心脾，令人陶醉。

　　栀子花没有牡丹的雍容华贵，没有玫瑰的娇艳妩媚，虽不起眼，却有着迷人的醇香。以前，淳朴的农村姑娘大婶们，喜欢将花戴在胸前，别在发间，花香会伴着甜美的笑声久久飘荡在乡间小镇上。而妈妈喜欢将院中的栀子花采摘几朵，插于花瓶中，家中好几天都会氤氲着花香，让人心情格外好。在这百花凋谢的夏季，栀子花是那么与众不同，令人赏心悦目。

看着如此美丽的栀子花，不仅想起了那首歌："栀子花开，如此可爱，挥挥手告别，欢乐和无奈，光阴好像，流水飞快，日日夜夜将我们的青春灌溉……"

是啊，六月栀子花开的季节正是学生们的毕业季，是寒窗苦读的莘莘学子告别校园，开始人生又一番新天地的转折点。这几日随着高考分数的发布，不知又有多少酸甜苦辣萦绕在望子成龙的父母和压力山大的孩子们的心间，或开心或落寞。

高考的成功与失败并不代表人生的成败，它只是人生旅途中的一个站点。天若降大任于斯人，定会令其经历苦难、磨砺、挫折，才能锻炼出坚强、勇敢、自信的人生状态。

栀子花为何开得如此馨香久远，因为在冬季，它无畏霜打雪压的严寒，叶绿依然，悄悄孕育着花苞。它不介意错过百花争艳的春天，静默依然，慢慢沉淀着自己，而在烈日炎炎的夏季，它藐视一切，极致绽放。这便是集聚了巨大能量的自信表现，凸显出它厚积薄发的魅力，散发出让人恒久记忆的香气。

正如它的花语一样：喜悦，永恒的爱与约定。我相信，无论是谁，在经历了久远的努力与坚持，经过岁月的雕琢沉淀，到了约定的时间，一定会开出那份让人望尘莫及的完美纯净，展现出自己独特的美丽，如栀子花般，长久地散发出令人回味的馥郁的芬芳。

霜 花

　　江南的冬天，雪花虽不多见，但总能感受到几次漫天飞舞的鹅毛大雪。而有一种花，却比雪花更少见，因为它只存在于寒冷的冬天，且盛开在夜间，太阳刚刚升起时可以看得真切，只一会儿，花就谢了，极其珍贵。这就是霜花。

　　城里几乎是看不见霜花的，霜花偏爱乡村田野。清晨，太阳刚睁开睡眼，雾气依然笼罩着大地，只见草地上、屋顶上、树枝上已是洁白一片，在初升阳光的映衬下，泛着莹莹的白光，天地间氤氲着一层薄薄的冰气，仿佛把人带到了一个奇幻的冰雪世界。

　　广袤的田野上，怒放着千姿百态的霜花。远看，如同一抹银色的锦缎覆盖在草地上，耀眼夺目。近看，那麦草翠绿的草尖儿上，一粒粒的冰花团在一起，似冰球般晶莹剔透，闪闪发光。绿叶上栖息着无数雪白的精灵，它们簇拥着，嬉闹着，摆着各种造型，像珊瑚，如玉树，好似一件件栩栩如生的冰雕作品。狗尾巴草的根根绒毛上也缀满了一串串、一颗颗闪着钻石般光芒的水晶。更有那或红或黄的一地落叶，经冰花的镶嵌后，叶脉分明，纹路突显，仿佛是一幅色彩斑斓的油画。

　　"早寒青女至，零露结为霜。入夜飞清景，凌晨积素光。"

我想，这一定是冬天的使者——霜花姑娘，在寒冷寂静的冬夜，亲手用一朵朵冰花制成了一件银色的水晶衫，赶在晨曦没到来之前，翩然来到人间，将这件精美绝伦的作品奉献给了大地母亲。

在万物萧瑟的冬季，朵朵霜花如同精灵在起舞，他们傲娇地绽放着，没有五颜六色的堆砌，没有大声的喧哗，静静地在长夜凝就，玉洁冰清般的纯净和淡然。

霜花的外表是坚强的，像钻石，似冰刀，那是在严寒中不断磨炼、不断雕琢的结果。因为，任何精美的雕塑作品无不是运用锋利的刻刀，经过孤独而漫长时间的雕刻而成就，才变得完美，令人惊艳。泰戈尔说过："只有经过地狱般的磨炼，才能炼出创造天堂的力量。只有流过血的手指，才能弹奏出世间的绝唱。"

霜花们不仅自律，而且也将严寒中铸就的品性带给了世间万物。你看，经过霜花洗礼后的枫叶已红于二月花，层林尽染，灿若朝霞；饱经风霜的岁寒三友——松竹梅，在严冬傲然挺立，梅香幽远；就连人们常食用的青菜、萝卜、荠菜，经霜打后，吃到嘴里，都是不一样的香甜酥软。

然而，霜花的内心却是柔软洒脱的。在阳光的照耀下，它们欢快了，雀跃了，不再守着夜的孤寂，迎着阳光起舞、飞腾，追随着属于她们的温暖和光明，甘心蜕变为雨水，化为甘露，滋润着大地万物，那是她们的灵魂在升华。

一切的美丽都是短暂的，然而却是永恒的。霜花的景致是瞬间的，是柔弱中的傲骨，是超凡脱俗的淡泊，是生命的返璞归真，它的坚韧与崇高的品性已沉淀在人们心中，暗香浮动。

沉醉烟雨

江南六月是梅雨的季节，不经意间，纷飞的细雨便会不期而至，敲打着树叶，敲打着窗台，敲打着心扉。

喜欢一个人静静地独坐一隅，一边听雨，一边听"雨的印记"。滴答的雨声合着纯粹而舒缓的音乐，仿佛敲打在琴键上，让人沉醉。

喜欢这样的烟雨朦胧，细细密密的思绪如雨丝，笼罩着周边。迷蒙的眼前，总会浮起雨巷中的丁香姑娘，油纸伞下孤独前行的她，将美丽又惆怅的心事放逐在天边。

喜欢独自漫步在这样纷飞的细雨中，任那半夏微凉的风合着朦胧的烟雨，打湿脸庞，淋湿发梢，浸润心田，丝丝缕缕，让心沉醉。

夏日的风携着一场又一场的雨水婉约而至，轻打在玻璃窗上，绽放出一片嫣然。听风看雨，涟漪我心，且行且珍惜。

愿以时光为壶，盛一把雨水做甘露，用流年沏一杯茶，浅斟慢啜，细细品尝这岁月醉人的甘醇。

紫色的爱恋

　　紫色，高贵神秘的颜色，略带种忧郁的色彩，我很喜欢。而紫色的薰衣草，有着淡淡花香、柔美气质的花中仙子，更让我迷醉。这种出生在法国普罗旺斯的花，如同它的所在地一样具有浪漫的气息，寓意着爱与承诺，赋予了人们无限温馨与美好的愿望。

　　我无法拒绝它的魅力，去不了普罗旺斯，就去南京江宁大塘金香草谷、汤山翠谷农业生态园，那里有不可错过的紫色梦幻。

　　4 月份与朋友去大塘金香草谷时，薰衣草已陆续绽放。丘陵地区天然起伏的坡度造就了"梯田式薰衣草"的独特景观，400亩花田，一片片灿灿的紫色，如波浪般高低起伏，亦如少女娜娜窈窕的身姿。我们挥舞着绸巾在花丛中翩翩起舞，尽情感受这花海带给我们的浪漫情怀。

　　6 月底，又和女儿来到汤山翠谷农业生态园，这里的薰衣草已进入盛花期，200 亩的花田已全部开放，近看一株株的薰衣草并不起眼，顶端孕育着几十个花苞，泛着淡淡的紫光，然而一簇簇的薰衣草相拥在一起，热情奔放地盛开着，几乎要将整个大地变成一片紫色的海洋，甚至天空似乎也染成了紫色。置身花丛中，仿佛已入云端。

旁边高高的紫色马鞭草，也大片大片地开放着。风吹过，马鞭草摇曳着身姿，轻轻摆动，那是一种什么样的气势啊，如绸、如水、如云，如梦如幻，飘逸于尘间，让我们心醉神迷。

单看一个小小的紫色花朵，也许不起眼，可是连成一片足以韵致斐然，震撼人心。单闻一朵小花，丝丝的清香也许稍纵即逝，可是花开一片，馥郁的馨香能让整个世界晕眩。我想，这也许就是紫色薰衣草的魅力吧。

徜徉在紫色的海洋中，芬芳的气息满溢，吸入肺腑，浸润心扉。内心不由得感怀，感激上苍丰厚的馈赠，把如此动人的色彩赐予我们。

一个人一生走过的日子里，会遇见各种各样的美景，也会遇见各式各样的人。而总有一些人，正如这小小的薰衣草，会带给你温情，一点一滴的温情也许并不起眼，可点点滴滴的温情积聚起来，便是一种无穷的力量，支撑着我们前行。就像有些人是你煮茗需要的薪火，有些人是你过河投下的石子，而有些人则是你夜归照明的路灯。父母亲人的爱、同学朋友的情意，等等，都值得我们珍惜。

爱，支撑着人的一生。

为有暗香来

一直对梅花倾心有加，不仅喜爱其花开清雅，馨香四溢，更是醉心于梅的品性，傲雪寒枝、凌寒独自开的风骨。

每年二三月间，春寒料峭、梅花盛开之时，我都会和友人来到南京梅花山赏梅，纵情花海、聆听花语、体味生命的雅趣。只是有时来得早，花还没全开，有时迟了，已开至荼蘼。

今年从雨水节气开始，润物细无声的小雨就一直淅淅沥沥下个不停，我很担心和好友约好的周六梅花山之行是否要雨中赏梅了。幸运的是，上午 10 点多，我们的车还没开到梅花山，雨便停了。正好春节假期刚过，景区内人也不多，梅花开得正艳。绽放着笑脸迎接着赏花人的到来。

南京的梅花山经过扩建后，占地有 1500 多亩，40000 多株地栽梅花，还有 6000 多株盆栽，总共约有 400 个品种，规模宏大，有"天下第一梅山"之誉。吸引着世界各地无数赏梅客的到来。

一进梅园，满目斑斓，处处绽放着朝气蓬勃的梅花。登至山顶，放眼望去，冈陵起伏间，繁花似锦，一片云蒸霞蔚。千亩梅林在风中竞相绽放。一簇簇、一树树，开得热烈，开得泼辣。漫步梅林间，一株株红如火、白如雪、粉如桃、绿如翡的梅花围绕着我，亲近着我，让我挪不动脚步，移不开眼眸。阵阵清风拂过，淡雅迷人的梅香扑鼻而来，沁人心脾，如此美色香气诱惑着我，让我驻足，让我痴迷。

在梅花众多的品种中，我比较喜欢的有绿萼梅，白色的花瓣，长长的淡黄色花蕊，花萼是淡淡的绿色，给人一种典雅、洁净、超凡脱俗的美感；宫粉梅则粉色娇嫩，复瓣繁密，紫色的花萼，似仙女下凡；玉蝶梅，花开正面是白色或淡黄色，背面微有红晕，花形似碗，含羞娇美；朱砂梅则浓艳，内敛而深沉，独具芳华；垂枝梅的枝条似美女蓬蓬的发梢，朵朵梅花点缀其中，似蝴蝶婆娑起舞，韵味独特。

徜徉在密密匝匝的花丛中，常常忍不住贴近轻嗅，淡雅的清香便入了心。不时微风拂过，片片花瓣如仙子般盈盈飘落，落在眉间发梢，映在了眼眸心底。

漫步在各观赏区内，感受着小桥流水、亭台楼阁、茶梅相间、曲水蜿蜒的别样景致。一步一景中，真实体会到了四大梅园之首的中国式园林的不虚此名。

梅在古代被称为"报春花"，与兰、竹、菊并列为"四君子"，与松、竹并称"岁寒三友"。凭着其耐寒的特性，"独天下而春"。正如陆游诗中所言："无意苦争春，一任群芳妒。"在冷雨凄风、寂寥荒寒的季冬早春，唯有梅花敢孤傲挺立，开得如此肆意盎然。其不慕虚荣、与世无争的顽强品性令世人赞叹。

古往今来，无数文人墨客喜梅、爱梅、颂梅、画梅，书写了难计数的诗词歌赋、水墨丹青。如王安石的"墙角数枝梅，凌寒独自开"将梅的傲骨体现得淋漓尽致。仲仁画师独创的墨梅画法，更是把枝干虬曲、疏影横斜的梅之韵勾勒得淋漓尽致，"不要人夸好颜色，只留清气满乾坤"。梅集神、韵、姿、色、香于一体，实属罕见。梅的清雅俊逸、冰肌玉骨、凌寒留香等品性更值得世人领悟。

赏梅赏心，亲近自然，眼中常见美好的东西，心中就会明亮。自我内省，脑中常想清澈的东西，心中就会澄净。素心而行，宁静、智慧、洞见便会翩然而来，澄澈内心，暗香悠远。

修篱种菜觅清幽

每天都会来到自家小院，看满目翠绿的叶菜、悬吊的瓜果，心中便有一种空灵般的感觉，似乎所有的杂念都在这些鲜活而灵动的生命面前，荡然无存。感觉身心渐渐舒展，柔软中透着清雅和幽静。这一刻，生活仿佛变成了诗，世界也只能用美妙来形容。

一直向往有一方庭院，可以留住时间，安放心灵。在繁忙的都市，"结庐在人境，而无车马喧"。寻寻觅觅了很多年，一次偶然的机会，发现了一方带院落的房子，颇合心意。

想起刚入住那会儿，院内杂草丛生，杜鹃、冬青干枯衰败，樱花树、广玉兰枝繁蔽日。着急的我，自己动手，把红叶石楠围篱修剪、把枯死的杂树杂草去除。把遮挡窗户的樱花树移走，小院一下清爽了许多。

本打算种一些花草，以养眼养心，但考虑到饮食安全，不如在自家小院种些环保蔬菜，健康又怡情岂不更好。

种菜是个技术活，以前不会，常被老公嘲笑不识小麦还是韭菜。为吃上放心蔬菜，上网查找资料，请教菜农，了解各种蔬菜的栽种技巧，并乐此不疲地折腾实践。

一分耕耘一分收获。自开春以来，小院不断有新绿萌发。觅菜三五天就发芽了，冒出翠绿、通红的小脑袋，着实可爱。墙角栽种的菊花脑也不甘示弱，争相冒着嫩绿的芽头，用菊叶煲蛋汤，从口到心都是清香怡人。空心菜、韭菜轮番出场，颇为热闹。

经过 4、5 月份的播种、培育，那些根茎菜也不断有惊喜呈现：辣椒最快，刚长出三四个枝丫，就迫不及待地从叶下冒出了小小的白花，没几天，一个个嫩绿的小青椒就弯弯地垂了下来。窗台下的一片金针花，到了 6 月是盛花期，每天都会开上二十几朵。西红柿很奇怪，虽种了七八棵，但结果的只有一半，老人告诉我有公母之分，那买苗的时候怎么看出来呢？收获最大的是黄瓜，种了十来棵，花叶爬满了架子，每天至少可以采摘两三根，凉拌、清炒、烧汤，黄瓜成了餐桌上的常胜将军。

7、8 月份的暑热天气，别的蔬菜瓜果的叶子都被骄阳烤蔫了，秋葵却不怕，宽大的叶片如同八爪鱼一般，舒展大方，花朵从枝干与叶子中间伸出来，如同一个个雪白的小喇叭。2 天后，小秋葵就会头顶萎花，使劲钻出它尖尖的脑袋。

丝瓜和苦瓜在经历了炎夏的考验后，当立秋的凉风一起，就看见架子上冒出了一只只细长的嫩瓜，尾部的花朵仍然俏立着，煞是喜人。也就是三两天的时间，架子上便悬挂着一根根鲜嫩的丝瓜、苦瓜，翠绿盎然。

仲秋以后，便是栽种菠菜、大蒜、青菜的季节了。小院重新翻土、暴晒、撒上菜饼，然后播种、栽苗。当这些不畏严寒的蔬菜经过严冬的霜雪后，口味会更加甘甜绵软。

自从小院种上了蔬菜，我的生活也如这些鲜活的生命焕发出了勃勃生机。每天早上，我会被鸟鸣叫醒，来到小院视察菜情。每每看见菜叶上晶莹剔透的露珠、菜心中刚冒出的新叶、娇美的花骨朵又绽放了它的笑颜时，我都会感恩欢喜，只是静静地欣赏，就已醉了。常常乐不思蜀地在菜地一蹲、一待就是半天，直到家人催几遍才回房。

陶渊明"种豆南山下""园蔬有余滋"，诸葛亮"卧龙躬耕陇田"，他们这种怡然自得、超凡脱俗的田园生活，是我一直向往并追求的。

走过喧嚣红尘，看尽世事浮华，才恍然发现：世间最安逸的生活不过是独有一隅自在天地，一屋两人、三餐四季。让时光在一窗明媚、一缕清风、一园蔬果中慢下来，静心品味清幽、恬淡、雅致的生活。

心灵的禅悟

周日在公园散步，惊讶地发现，原先河塘里茂密碧绿的荷叶，不经意间已一片枯竭衰败。盛夏鲜活的荷全然褪尽了华美裙服，娇艳的花瓣已不知飘零到何处，昔日饱满的莲蓬也已干瘪枯萎低垂。

我惆怅地看着荷塘里完全颓废落败的荷叶，看到根根长茎伏于水面，心底涌起无比的凄凉。如此残妆衰容令人目不忍睹。难道寒冬来临，满眸的繁华也了无踪迹？难道生命的尾声竟这样寒塘瑟瑟，孤影悲戚吗？

念起初夏时节，"小荷才露尖尖角，早有蜻蜓立上头"，是多么灵动而充满朝气。盛夏时分，"接天莲叶无穷碧，映日荷花别样红"，又无比葱郁和绚丽。更有"清水出芙蓉，天然去雕饰"的花开纯美，清新自然。

当繁华落尽，留得枯荷时，已很少有人再去欣赏这水中凋残之景。然而，如仙子般的黛玉，却唯独喜欢这残荷听雨，欣喜于大自然所发出的天籁之音。而李商隐也因聆听枯荷秋雨的清韵，而慰藉对友人的相思之情。苏轼更是将"荷尽已无擎雨盖，菊残犹有傲霜枝"喻为人生成熟的黄金时间，勉励友人珍惜。可见生命之美并非姹紫嫣红，自然而然、返璞归真的原色呈现，才更能体现生命的本真。

我静静地伫立在河边，内心渐渐沉淀下来。我惊讶地发现那裸露在河面的枯枝，那纤瘦的身影，或折弯，或卷曲，与水中的倒影形成了各种通透的几何图案，心形、三角形、菱形、鱼形，好似一件件打击乐器。风拂过，漾起涟漪，那抖动的乐器，像拨动的心语，似发出"叮叮当当"的妙音。而垂着莲蓬头的枝干宛若一个个细长的音符，飘扬着乐音，像风，像云，像天空，像海洋，空灵悠扬。

瞬间，清澈的和弦从耳边流过，我的心窗被打开了。眼前，满池的荷不仅如一幅幅唯美的线画，更宛如串串跳动的音符，一曲生命的旋律低调而醇美地吟唱着……

一直以来，我都认为花开是美好的，让人欢欣喜悦，花落是悲伤的，令人伤感叹息，甚至不愿也不忍看那萧瑟凄凉的画面。殊不知，此刻残荷无言，枯寂无声，展示的是繁华过后的沉淀，是生命归一的简单，是铅华洗净后的纯净，是岁月洗礼后的铮铮傲骨。它内在的风韵远比一朵盛开的荷更有味道，更让人心生敬意。残荷，是一种美的升华，美的厚重，不再表象于视觉的冲撞，而更在意一份内在的含义。

心若没有悟道，有些风景是看不到心里的。尘世的路，其实就是一场灵魂的禅悟。

83 岁全球最老的超模女神——卡门·戴尔·奥利菲斯告诉我们："年龄不是美丽的敌人"，它来自内心的安宁与淡泊。

92 岁的美国漫画家塔萨奶奶也一样，满脸皱纹如菊，双手青筋如虬，她素色布裙，在自己的农场里耕耘绘画，把每一个平凡的日子都过得优雅从容，全然和大自然在一起。

104 岁的杨绛先生也说过："我们曾如此渴望命运的波澜，到最后才发现：人生最曼妙的风景，竟是内心的淡定与从容……我们曾如此期盼外界的认可，到最后才知道，世界是自己的，与他人无关。"

岁月虽然苍老了容颜，但一份坚守的生命却在寒风料峭中蕴藏着永不凋谢的丰满灵魂，她们这种不屈不挠的神韵，淡定不惊的气场已是撼人心魄。这是从骨子里散发出的坚毅品性，是深入灵魂的唱曲，是心灵为之震撼的残荷之韵。

维度八

探索夏威夷

邂逅浪漫星河

美国夏威夷海岛，一向以蓝天、碧海、沙滩、比基尼美女的浪漫风情而誉满全球，是我一直憧憬的度假胜地。今年 5 月，去美国参加孩子的毕业典礼，正好有机会踏上这块心念已久的岛中王国。当我登上夏威夷大岛的冒纳凯亚火山后，才发现，浪漫的感觉远不止这些，与漫天星河的邂逅，颇为震撼。

从飞机上俯瞰，夏威夷大岛四面环海，遗世而独立。海水蒸发的雾气涌动在四周，整个大岛被堆积的白云覆盖，而冒纳凯亚火山却冲破云层，高高耸立，顶部红褐色的火山岩清晰可见。

落地后，已经是下午 1 点多，我们从机场租了一辆四驱越野吉普车，向冒纳凯亚火山疾驶。来到 2800 米处的游客中心，有警示牌告知，上山路危险，谨慎驾驶。确实，一路上，火山石子路又颠又滑，旁边就是没有护栏的悬崖。由于山崖过于陡峭，四驱车一路轰鸣，吃力地爬着坡。处处弥漫的云雾，不时遮挡着视线。大约爬上海拔 3000 多米时，眼前一片豁亮，天空碧蓝澄澈，白云海浪般涌动在山间，漂荡在我们脚下。

终于来到海拔 4205 米的山顶，这是整个夏威夷大岛的最高点。映入眼帘的是几个巨大的天文观测中心，银色的球状体，在阳光的映射下熠熠生辉，仿若天外来星。远处，一座座红黑相间、绵延突起的火山口，安静地沉睡在白云之巅。由于空气稀薄，这里寸草不生，火山石、火山灰遍布，荒蛮得如同月球的表面。

山上设有 13 座天文台，隶属于 11 个不同的国家。这里有全世界最先进的天文望远镜和观测设施。因为，冒纳凯亚山顶仁立于云霄之上，每年有 300 多个晴朗的夜晚，几乎没有空气和光的污染，可以观测到完整的北半球和大部分南半球的夜空，这使它成了全世界最佳的天文观测点。

当夕阳慢慢坠落，晚霞晕红了天际，层层叠叠的云朵和瞬息万变的色彩，让人恍若来到了一个梦幻般的瑰丽世界。如此大气磅礴的美景令我不舍离开，但是因观测需要，避免光污染，山路没有设置路灯，也不允许开车灯。为了安全，必须趁傍晚天亮时下山。于是，我们来到海拔 2800 米的游客服务中心观星。

落日的粉霞徐徐隐没在淡蓝色的云海中，暮色渐渐降临。这时气温变得异常寒冷，我拿出准备好的羽绒服换上，瞬间暖和了许多。随着黑暗的笼罩，周围一片漆黑。抬头，已有几颗星星率先登场，预示演出即将开始。

不知不觉中，越来越多的星星像变魔术似的依稀亮起，一闪一闪的，宛若粒粒璀璨的水晶。那忽闪忽闪的星，像在和我们捉迷藏。

不经意转过头去，发现身后的天空更是无尽的星海。一条银河流泻在天际，上面缀满了无数的钻石，流光溢彩，仿若嫦娥仙子的霓衣，飘落到了人间。女儿兴奋地高举双手，想要触摸。是的，漫天繁星闪烁，那么多、那么亮、那么近，仿佛近在眼前，近得可以"举手摘星辰"。

忽然，一道光亮划过夜空，转眼消失在天际。"流星、流星"，女儿大声喊着。这是最美的遇见，我的心为之一颤。流星闪烁的刹那，耀眼而夺目，它用短暂的生命，诠释了美的存在和永恒，执着而无悔。

仰望苍穹，那些或绚烂瑰丽，或扑朔迷离，或时隐时现的星辰，美得令人窒息。呼吸着清新冷冽的空气，整个人心境开阔，全然放空，眼前只有熠光流转的星河。很久没有这样的体验了。还记得儿时的夏夜，躺在屋外的凉床上纳凉，那时能看到繁星点点，以及萤火虫的飞舞，如今似乎已悄然远离。

心间缓缓响起了动人的旋律："夜空中最亮的星，是否听见都市人心底的孤独和叹息，夜空中最亮的星，是否可为他们照亮前行，请指引我靠近你……"

毁灭与重生的交织

2018 年 5 月 3 日，美国夏威夷火山公园内，基拉韦厄活火山突然喷发，十来个火山口相继冲出擎天火柱，翻滚奔腾的熔岩四处突破、飞溅、流淌，如同一条条红色的河流，摧毁森林，覆盖村庄，涌向大海。通红的熔岩与海水发生激烈的冲撞，引发热浪滔天。一番博弈，海水退却，陆地面积新生了 3.5 平方公里。

火山喷发的一年后，我来到了夏威夷大岛、来到了烈焰与海水较量的地方。站在凸起皲裂的火山崖上，俯瞰脚下汹涌的大海，只见海水一波一波地冲向黝黑发亮的岩石，撞上的瞬间，发出震耳欲聋的嘶吼，水花飞溅，高达数十米，瞬间，又从岩块缝隙中一股股地流出。黑与蓝的交织碰撞，迫使火山石在海水的侵蚀冲击下，分裂，脱落。

132 万亩的夏威夷火山公园，拥有两座世界上最活跃的火山。火山频发，导致这里的地貌发生了严重的变化，好多路被岩浆摧毁。顺着徒步线路向内探寻，发现好几个大小不等的锅状火山口。大的一眼望不到边，小的也深陷地表。想当年，从这里冲出的擎天火柱，让地面上所有的动植物瞬间毁灭。而如今，经过大自然千百万年的孕育生长，那些年代久远的火山口，已被绿植繁茂的热带雨林覆盖。即使百年的火山，除了岩壁上层叠的火山岩石被风化得脱落外，几乎看不出曾经的灾难与创伤。

徜徉在热带雨林中，高大的乔木遮天蔽日，低矮的蕨类植物长势苗壮，奇怪的是新生的叶片全部卷曲，有毛。有些匍匐在地面的树干，密布毛茸茸的苔藓，竟然长出两种不同的树种，各自开花结果。林间，硕大艳丽的蝴蝶在花间飞舞，红色的蜘蛛通体透明。岛上的动植物大都奇特罕见，这是受火山影响而造成的变异和多样性。

驾车绕着最为活跃的基拉韦厄火山边缘游览。一路上山丘状的火山石堆绵延无尽，如同焦化的煤炭，一团团，一块块，墨黑或褐红。处于旱地的早期岩石，已经大片风化，如同火山沙漠，稀疏枯黄的茅草点缀其间，荒蛮之极。路两边新生的地表，像厚厚的龟壳，裂纹深陷，如同巨幅版画。隔着车窗看着满目疮痍的景象，心情格外压抑。

天空也仿佛暗沉下来，猛地下起了大雨。忽然，一抹红闯入了我的眼帘。惊喜之下立刻刹车，掉转车头。来不及打伞，飞奔到近前，原来是一株从地缝中挤出、蓬勃生长的绿植，上面开满了红艳艳的花，足有十来朵，醒目而耀眼。花瓣呈绒毛状，像极了火龙果的外壳。环顾四周，发现还有几株矮小但绿油油的蕨类植物探出地缝，叶片在雨水的滋润下，鲜湛湛，水灵灵，无所畏惧地摇曳在风雨中。我欣喜地流连在雨水与花草中，不忍离去。

踩在纹理清晰、旋型独特的地块上，脚下仿佛能感受到滚烫的熔岩流过，鼻子似乎能闻到强烈的硫黄气味，耳中响起震耳欲聋的爆炸声。那些火热的岩浆，挟带部分已凝固的地块，顺着山路，一直流淌、挤压、叠堆在这里，黝黑发亮。原本青翠葱茏的林木被火山熔岩摧毁殆尽。看着眼前这些弱小的生命，竟然在如此恶劣的岩浆地不屈不挠地生根发芽，顽强地生长开花，我的心不由地战栗起来，心疼得想哭。

亿万年前，地球火山的爆发，使得夏威夷海岛从茫茫的太平洋中崛起，成了世界上最耀眼的明珠。自然母亲在赐予她美貌的同时，也不断带给她剧烈的伤痛。炙热的熔岩流过之地，所有的生灵尽数被吞噬，而它也遍体鳞伤。然而，短暂的时间内，新的生命却悄然萌发，绿植花朵依然生生不息地繁衍生存。浩瀚的宇宙中，我们赖以生存的地球上，无时无刻不在进行着人类无力抗拒、无法撼动的毁灭与重生。

公园内、远近山体间，地热涌动的白色雾气依旧不断喷发。有的似云柱冲向云霄，有的较温柔，地缝处发出"呲呲"的热气。火山女神佩雷仍然跳动着她强有力的脉搏……

哈纳公路自驾行

如果说，在世界的某个地方，有那么一处美丽的风景、迷人的道路，一如你心中对世界之美的幻想，你是否愿意找个时间，独自一人，或与家人一起，轻轻踏上寻找它谜一般的旅程……

夏威夷海岛有着纯净的碧海蓝天、充满阳光的沙滩、茂密的热带雨林，是美丽与浪漫的代名词。第二大岛——茂伊岛上的哈纳公路，则被美国《国家地理杂志》评选为"全球最美丽的公路"之一。这条公路位于茂伊岛北岸线，是夏威夷著名的沿海景观公路，也叫"天堂之路"。

去年5月，女儿大学毕业，我和孩子爸参加完她的毕业典礼后，一家三口来到夏威夷的茂伊岛，前往哈纳公路，亲自体验了一下"魔幻之岛"的魅力。

我们租了一辆车，沿着曲折蜿蜒的海岸线行驶。当打开敞篷跑车的顶篷时，舒适凉爽的海风瞬间拥抱了我们。天空蓝得惊艳，鲜亮如宝石般纯净，白云如浪花，翻卷涌动。女儿发丝飞扬，青春绽放的脸颊，在阳光下透着盈盈的光亮。

公路左边是蔚蓝的太平洋，右边是高耸的悬崖峭壁，海天一色，山高路长。景随车移中，小车钻入了茂密的雨林，遮天蔽日的林内，热带植物繁盛壮实，花草鲜湛欲滴，庞大榕树的须根垂落地面，如一扇扇门帘。山崖上，不时冒出流泻的瀑布，发出清脆的响声。清风携着水雾弥漫在空气中，清凉舒爽。刚在密林中穿梭，转眼又来到甘蔗园，茅草屋点缀其间，牛圈、羊群一闪而过，浓浓的生活气息扑面而来……

一路上，天空、大海、山崖、瀑布、雨林应接不暇，你永远不知道，下一个转角会遇见什么绝妙的景致。

这条被称为最刺激惊险的自驾公路，果然名不虚传。总长83公里，几乎全程限速。路的一边崖壁高耸，车速稍快些就会有撞上的危险。另一边沿海，几乎没有护栏阻挡，稍不小心就会"出海"。620多道弯密集恐怖，迂回曲折如同来到了迷宫。一路上共59座桥，其中54座是单行线，好在司机们都谦让等候，有的甚至挥手示意，微笑让行，令人感动。

看着导航上的地图宛如花样体操女孩手中抖动旋拧的弧线，我的头皮阵阵发麻。很多次急转弯，对面冷不丁冒出的车让我的心一下跳到了嗓子眼。再看旁边开车的先生，方向盘不晃动不偏移，倒是一脸的笃定。我问他，这一路穿山越岭，山路十八弯，开车是一种什么感觉？他说，感谢我和女儿给了他这次机会，让他享受到了从未有过的驾驶乐趣。好吧，我和女儿已经被转得头晕目眩了。

好在一路上有无数个景点可以停车观赏，丛林徒步，海边观涛，冲瀑戏水……双子瀑布深藏在一片雨林之中。当穿过密林来到山谷，视野一下开阔起来，左边是飞流直下的瀑水，清澈的溪水在谷间欢快地奔流，鹅卵石被冲刷得光亮润滑。沿河的树木大都倾倒，与溪涧亲密相拥。粗壮的树干上，调皮的孩子们在攀爬吊挂，不时跳至水中欢闹嬉戏。我和女儿也控制不住，兴奋地脱掉鞋子，下到河里。河水澄澈清凉，阳光下泛着碎银般的光芒。氤氲的水汽和着青苔味飘散在林间，加上花草树木散发的清香，温润馥郁，这就是森林的味道吧。我深深地吸了几口，顿觉浑身轻盈舒畅，有种醉人的舒坦。

经过 2 个多小时的穿越，终于来到哈纳公路的尽头——哈纳小镇。这个原生态的小镇，僻静，与世隔绝。我们流连在海边，看迷人的太平洋海景，观海鸥自在飞翔，听一拨一拨的海水拍打黑色礁石，感受震耳欲聋的声响。走累了，就坐在礁石上发呆，眺望大海，享受这里与世隔绝的恬静之美。

确实，无论是穿行在无数的山间，被大海、雨林、瀑布、溪流围绕，还是置身在静谧原始的村镇中，无不觉得奇特美妙。从眼到心，有一种被洗涤、被唤醒的畅快，内心透明而纯净，生动又喜悦，仿佛被注入了新的活力与激情。

珍珠港纪行

　　珍珠港坐落在夏威夷欧胡岛南岸，是太平洋岛屿上最大、最静谧的安全港。这里海水幽蓝，风平浪静，长满了珍珠和牡蛎，宛如仙境一般。传说火山女神佩蕾特别选中这里作为她的居所，这一传说更让珍珠港染上了一层神秘的色彩。

　　珍珠港原由夏威夷国王统治，后因其独特的地理优势，被美国合并，成为其海军基地和造船基地。第二次世界大战中，日本偷袭了珍珠港，使得天堂般的美景瞬间毁于一旦。

　　今天，我来到了夏威夷，来到了曾经满目疮痍而今又焕发生机依然风光旖旎的珍珠港。清新的海风吹拂着一望无垠的海面，泛起阵阵涟漪，那轻漾的波纹，仿佛向世人打开了一页页历史画卷。海边竖立的一座座英雄纪念碑，阳光下，刚硬而耀眼，墓碑上的朵朵白花，触目惊心。一只只耸立的炮弹、一艘艘修复的战舰，都印证着这里曾经惨遭袭击。虽然以前从书本中知道珍珠港事件，但感受并不深，如今亲临现场后，这些无声而冰冷的语言，震撼心魂。

　　跟着语音导览，我参观了亚利桑那号遗址。清澈的海水中，亚利桑那号静静地躺在那里，舰身长满了青苔。没有打捞的沉船内，长眠着1177位美国官兵。室内，大屏幕中播放着《偷袭珍珠港》的历史纪录片，隆隆的炮声、铺天盖地的火焰、爆炸、士兵们血肉横飞的场面，触目惊心。展示柜中摆放着飞机的残骸、军人破损的遗物等，无不产生骇人的视觉冲击。战争的罪恶和悲惨，淋漓尽致地展现在眼前。当看到视频中播放着人们悲痛和思念的画面，孩子们折出的千千万万只表达缅怀和爱意的千纸鹤时，我再也压抑不住内心的悲伤，所有的痛都强烈地撕扯着我的心，瞬间泪流满面。

到底是什么原因，珍珠港要受此劫难？我一边参观，一边仔细聆听讲解。当时，日本为了夺取他们匮乏的天然资源，不仅对中华大地展开疯狂的侵略，还企图占领亚洲。在与美国的石油供应谈判遭到拒绝后，不可一世的日本耿耿于怀，悄然决定对美国开战。偷袭珍珠港的目的就是要压制威胁美国，使之让步。

日本不惜出动5艘航母、350架飞机，在美国毫无防备的情况下，炸沉了停泊在珍珠港的21艘美军军舰，摧毁了170多架飞机，造成2400多人死亡，珍珠港倒在了血泊中。

但是，气焰嚣张的日本万万没有料到，美国立即对日宣战。1942年6月，美国3艘航母前往中途岛，击沉日方4艘航母。为使日本尽快投降，1945年8月，美国又往日本投放了两颗原子弹。1945年9月2号，日本代表在珍珠港的"密苏里"号上签署了无条件投降书。这一重大历史事件正式宣告第二次世界大战结束。

恐龙湾浮潜

  这是一处幽静迷人的海湾，三面环山，一面临海，洁白细腻的沙滩宛若一泓弯月，镶嵌在海边。远处，大海中波涛翻滚，跌宕起伏，而湾里却出奇平静，像极了一块晶莹通透的蓝宝石。细看，宝石内里似乎藏有一些珊瑚礁，如云似雾，梦幻旖旎。

  这就是闻名世界的夏威夷恐龙湾。它原是一座从海底喷出的火山口，经过千百万年海水不断的冲刷，如今一角已经塌陷，三面高耸的山脊像一只盘曲的恐龙，俯卧在海边。湾里的海水清澈宁静，鱼儿繁多，吸引世界各地游客纷纷来此浮潜，并观赏奇妙的海底世界。

当喜欢浮潜的女儿带我们一早赶到时，景区门口已排了很长的队伍。下海之前有一段必看的 15 分钟影视短片，介绍了恐龙湾的形成，以及海里各种珍稀动植物，让人直观地了解到海洋的深奥广博。最后，视频特别强调游客们不能触摸珊瑚礁、喂食海里的鱼类，不能破坏自然环境等。可见，保护环境的措施做得非常到位。

从山顶往下走，一路海风轻拂，凉爽宜人。阳光下，湾里的海水泛着各种蓝绿影调：深蓝、淡蓝、深绿、浅绿等，光影迷离，仿佛一幅泼墨山水画灵动地呈现在眼前。岸边，海水柔柔地亲吻着沙滩，悱恻缠绵，难舍难分。乳白色的沙子，细腻绵软，赤脚走在上面，如丝一般柔滑。

恐龙湾里已聚集了很多人，他们肤色各异，多数以家庭组合为主。有的在远处肆意畅游，有的浮潜在海里观赏鱼类。靠近岸边的一个小孩，两三岁的模样，穿着微型救生衣，在大人的陪伴下，兴奋地在水里手舞足蹈，甚是可爱。情侣们则依偎在沙滩上，你侬我侬地轻声细语。

女儿和她爸先下水嬉戏了，我守着衣物躺在沙滩上休憩。早晨的阳光煦暖柔和，海风不冷不热地吹拂着全身，惬意而自在。抬眼，洁白的云朵镶嵌在澄澈的蓝天上，悠然随性，四周挺拔的椰树直抵云端，茂密的椰叶婆娑摇曳。透过宽大的叶片，苍翠皱褶的山脉巍然耸立，守护着怀中这一湾美景。

正看得出神，女儿跑过来，兴奋地拉起我，要带我下海看鱼。沙滩很浅，不远处就是凹凸不平的珊瑚礁了。齐腰深的海水还是有些凉意的，迟疑中，女儿猛地一下蹿向海底了，我急忙跟随。当睁开双眼，惊奇地发现，海底竟一片明亮，阳光丝丝缕缕地穿透碧蓝的海水，投射到珊瑚礁上，那晃动的波光，让斑驳的礁石似乎也跟着舞动起来。摇曳的光影，像极了波浪形的五线谱，荡漾着，延伸至广袤的大海深处。静静地聆听，好像有珍珠落玉盘的"叮咚"声在流淌，也像克莱德曼的钢琴曲，灵动柔美，又似乎如管平湖的古琴乐，悠远浩渺。

忽然，一群小鱼穿梭至眼前，灰色莹白的身体上，几条黑色川字纹镶嵌明显，极为时尚，刚想细看，一眨眼，它们就钻入了礁石的缝隙。一会儿，两条通体蓝色、嘴巴和鱼鳍鲜黄的热带鱼悠悠飘过，不及追，已远去。转头，一拨黑色的鱼儿侧面游来，我迅速掉头，面对它们，而它们却 90 度一摆，只给我看了一眼尾巴上黄色的金箍，瞬间不见了踪影。正遗憾间，抬头，两条五彩斑斓的鱼儿不紧不慢地游过来，欣喜中，我情不自禁地跟上。这下终于看清楚了，鱼身漂亮的花纹是由蓝、白、灰、褐四种鲜亮的颜色组合拼接而成的，艳丽而精致，宛如世间珍品。

澄澈的海底世界丰盈而纯粹，多彩且有趣。我沉迷在大海浩瀚的胸怀中，感受着它神秘而深邃的沉吟。湛蓝的海水，柔柔地包裹着身体，如同母亲的怀抱，温暖又安宁。慢慢地，我的身体轻盈飘逸，我似乎也变成了一条鱼，一条无忧无虑、自在逍遥的鱼，在无边的大海中畅游。

钻石山上的最美邂逅

　　大约五百万年前，这里是一片汪洋。传说火山女神佩蕾看中了这块宝地，于是从海底喷发出了大大小小 130 多个岛屿，如翡翠般镶嵌在太平洋中，这就是如今的夏威夷群岛。女神挑选了风景旖旎、舒适怡人的第三大岛——欧湖岛作为她居住的家园。

　　约十万年前，佩蕾女神偶发了一次小感冒，一个喷嚏让欧湖岛碧蓝的海边涌出了一座小火山。四周凸起、中间凹陷的圆形火山口，宛如女神胸口佩戴的一枚绿宝石。奇特的自然景观，造就

了闻名遐迩的夏威夷钻石山公园。

钻石山的名称始于 18 世纪，当时英国的探险家库克船长奉命巡海，发现了夏威夷群岛。一天晚上，他看见欧湖岛海边整个火山口的山顶有蓝色的光芒出现，就像美丽的蓝宝石一样璀璨，"钻石山"这个名字脱口而出。

这次我们一家来到夏威夷旅游，自然就来到了最繁华的欧湖岛，而钻石山公园就是欧湖岛的标志。

钻石山如同一只巨大的面包圈坐落在海边，当我们驾车穿过一条人工开挖的穿山隧道，从山外进入山内时，眼前豁然开朗。硕大的火山底部，一眼望不到边。放眼望去，绿草如茵，林木葱茏。从游客中心领票后，开车来到最高峰的下面，开始登山，一览欧湖岛全景。

长长的水泥路顺着山势通向山脚，尽头就是登山道。台阶不是很陡，可以轻松驾驭，而每一次的歇脚环顾，眼前都是一幅重峦叠嶂的重彩油画。半山腰处，台阶变成了高低不平的盘山路，呈 "Z" 形曲折向上。只可两人并肩的崎岖山路，一边是嶙峋怪石，黝黑潮湿，一边是陡峭山崖，被荒草杂树覆盖。

正盘旋而上，忽然一阵倾盆大雨砸向我们，夏威夷的雨来得热烈且迅捷。刚准备给女儿撑上伞，她却顶着雨水，和她老爸跑步前进了。他俩嬉笑着奔跑在清凉的雨水中，惹得水花飞溅，鸟儿惊起。我自然不能落后，也快步跟上。

不一会儿便进入了一条幽暗的隧道，感觉像抗战时期游击队的地道。女儿打着手机灯，带着我们小心翼翼地穿行。还好，隧道不长，一会儿便来到洞口。抬头，雨停了。左边是登山道，右边是一架高耸入云的天梯，呈 60 度角直冲天际。

正当我们犹豫要从哪边上时，一位瘦瘦的、肤色黝黑的女人，从身边无声地窜了出来，一步踏上铁梯，"咚咚咚"地跑上去了。浑身健壮发亮的肌肉一束束凸显，惊艳了我的眼球。我们跟随她，坚定地踏上台阶。当我们用力爬到一半时，那女子已经回头了，这下我看清楚了她的脸，大约六十岁的年纪，满脸刚毅，没有丝毫疲惫的神情，看来是一位长期登山、跑步的健身爱好者，毅力非同一般。女儿也露出佩服的表情。

当穿过一段螺旋向上的通道，躬身弯腰爬出洞口后，眼前明亮起来，原来到达了山顶。这一路，山洞、隧道、陡梯、暗堡等，无不给人一种神秘和新奇的感受。

海拔 232 米的山顶平台，可容纳二三十人，四周一片辽阔。从高处俯瞰，整个圆形火山口轮廓清晰，像一口平底锅。周围山脊高耸，皱褶连绵，锅底平坦开阔，像极了月球表面的环形山。山上没有高大繁盛的树木，大多是羽毛状的蕨类植物，在风中飞舞摇摆。此情此景，让我想起了《侏罗纪公园》中的场景：一大群恐龙无拘无束地在山间追逐奔跑，酣畅嬉戏。

转身背山临海眺望，视野无限辽阔。阳光透过云层，映射在无垠的大海上，如同撒下了一片水晶，耀眼得让人不敢直视。海边，威基基海滩、恐龙湾一览无余。洁白的沙滩，如素缎，飘向远方。鳞次栉比的高楼，呈依山傍海之势，密密匝匝地分布在葱茏滴翠的绿色中。360 度的海景、山景、城市景观尽收眼底，相得益彰，和谐美妙，整个欧湖岛宛如一幅梦幻般的旖旎画卷。

恋恋不舍地下山。不经意间，头顶一轮彩虹横跨半空，如七彩拱桥，一头连天，一头接地。女儿兴奋地举起手臂，仿佛牵着彩虹的一头，太美了，我瞬间拍下了这幅奇幻的画面。

自然界变化万千，多姿多彩，而绚烂的彩虹更是可遇而不可求，美好且令人迷醉。这也仿佛人生之路，常常在经历一番痛苦磨砺之后，才会浮现令人羡慕的成就。

风雨人生路，值得我们勇敢去追逐。

飞翔在古兰尼牧场

夏威夷不只有浪漫的海滩，性感的比基尼，还有神秘的探险之旅。我们来到著名的私人自然保护区——欧胡岛古兰尼牧场，感受了神奇的自然奇观，也体验了非常棒的运动项目——高空飞索。

一早，牧场的旅游大巴就在酒店门口等候了。一个小时的车程，我们来到了欧胡岛东部海湾，海的对面就是古兰尼牧场。因时间尚早，我们来到海边散步。清晨，大海在阳光的照射下，变换着各种色调的蓝，白浪如花边，点缀在岸边。一座犹如尖顶草帽的小山，覆盖在海面上，俏皮又可爱。沙滩上的蜘蛛蟹，在婆娑的椰树下悠然爬行。海景旖旎，迷人而恬静。

孩子的爸爸驾起了小无人机。从空中俯瞰，发现牧场的规模极其宏大。三座高耸的山峦，如巨爪一样伸向大海。山体犹如女孩子穿的墨绿色皱褶裙，喇叭一样铺陈开来。山头云雾缭绕，峡谷间林深茂密。山的背面，草地绵延起伏。这座因火山喷发而形成的小岛，千百万年来因海水、雨水的冲刷，海风的侵蚀，终于形成了如今火山岛奇特的地貌，可见大自然的魔法无边。

我们探险的项目是侏罗纪山谷高空飞索。团队共集合了 10 人。探险队长告诉我们，全程有 7 条索道，长度从 300 到 1280 英尺不等，途经 2 座吊桥、5 条徒步登山道。

当所有人都戴好头盔、腰间绑好安全绳后，我们开始徒步翻越山头。雨林中，羊肠小路曲折向上，脚下落叶和细沙颇为湿滑。遮天蔽日的茂林里，空气凉爽，各种不知名的花开得正艳，不时有牛马羊群出现，甚至发现了两头野猪。越过坡道时，一行骑行探险队穿过，其中一个 10 岁左右的小女孩，戴着头盔，骑着小马，慢悠悠地跟在马队后面，旁边，骑马师耐心地陪着，场面可爱又有爱。最惊险的场景是遇到四驱摩托越野队，沿着蜿蜒的山地疾驶而来，呼啸地从眼前飞过，扬起一片尘土。在我们惊愕之时，队员们回头给我们摆了个潇洒、帅酷的手势。

从山顶往下俯瞰，绵延的草地上竟然发现了电影《哥斯拉》的大脚印、《风语者》的战场和巨型恐龙的化石。原来这里就是当初好莱坞大片的拍摄场地。身临其境中，脑海里不时闪现出电影里恐龙追逐的画面，以及珍珠港飞机横扫的场景。

来到索道起点，这里有两条细细的钢丝飞架空中。意味着我将被一个钢制吊扣悬挂着飘过脚下的深谷，在远处点着陆。此情此景，令我紧张不已。侧过头，看见一对父子正一脸严肃地交握着手臂，父亲对孩子咕哝着日语，并使劲握紧了孩子的手。我看懂了，父亲对孩子说"加油"。

探险队长将我们的安全绳全部挂好后，开始询问哪两位先滑，大伙顿时面面相觑，空气凝滞了。终于，来自香港的一位女孩拽着男孩站出来了。

轮到我了。当双脚脱离踏板，悬于空中的一刹那，我感觉陡然间失控了，大脑一片空白。风呼呼地在耳边响起，树林刷刷地从脚下飞过，眼前天旋地转……还没回过神来，已经到站了。

接下来的飞索，我似乎掌握了一点技巧，胆也大了，越坐越放松。乘坐最长 400 米的飞索时，为配合拍照，我夸张地做着各种造型，一会儿伸腿，一会儿举手，一会儿平躺，甚至造成阻力太大，到不了尽头。探险队长只好放出拖拽绳，将我一步一步拉到尽头，让同行的朋友们笑了个够。

最后一条飞索很高，高得可以看见大海，我乘着风，踏着云，悠悠飘下。仰望，头顶是湛蓝的天空、卷舒的云朵，脚下是葱郁的森林、幽深的峡谷，耳边有鸟儿的鸣叫、凉爽的清风。远处，是一望无际碧蓝的海水。我飘飘然，仿佛来到了爱丽丝的仙境，又恍然进入侏罗纪世纪公园，奇妙而魔幻的感觉让人如醉如痴。

大自然赐予这里无与伦比的景色，带给探险者天堂之美的享受，将奇妙的自然景观与人类健身运动融为一体。难怪古代夏威夷人认为古兰尼是欧胡岛上最神秘的地方。

夜色中与魔鬼鱼共舞

"海浪无声将夜幕深深淹没，漫过天空尽头的角落，大鱼在梦境的缝隙流过，凝望你沉睡的轮廓。"听到车里播放这首《大鱼》时，悠扬婉转的旋律，轻轻漾起了我心底的柔软，情不自禁地想起，今年初夏，我们一家三口，来到夏威夷海域遇见庞大的魔鬼鱼，在夜色中和它共舞的情景。

夏威夷有 132 个海岛，宛若自然母亲洒落在地球上的粒粒珍珠，镶嵌在广袤的太平洋上，耀眼而夺目。喜欢探险的女儿，给我们安排了"夜晚海中浮潜，观赏魔鬼鱼"项目，听起来就刺激又富于挑战。

晚上七点半，我们开车来到港口。夕阳刚坠入地平线，晚霞一片嫣红，余晖映在密密匝匝的游艇上，熠熠生辉。已经有十几位游客等在这里，他们的肤色、装束各异，看来是来自世界各地的旅游爱好者。船长吩咐大伙穿好潜水服，带上救生衣和潜水换气设备上船。

随着轰鸣的马达声，快艇冲离码头，驶向茫茫的太平洋深处。当船上的光源突然关闭，四周伸手不见五指，只有海风肆虐，船身跌宕时，我的心开始颤抖。想着将要在黑黢黢的夜幕中下海，海底深不可测，万一失足掉入海里，万一海里冒出鲨鱼，万一……无数个万一让我越想越紧张，去摸女儿的手，发现她正紧紧抓着她爸的胳膊。

过了半小时左右，快艇停止了前行。片刻，船长交代了事项，通知下船。女儿和老公排在前面，两人动作迅速，从悬梯跳下了海，转眼消失在夜幕中。突然，我害怕起来，战战兢兢地挪下悬梯。昏暗的海面上没有一个船员接应，前面的人已游出去很远，我的心瞬间跳到了嗓子眼，手紧紧地抓住扶梯。在确定头可以浮在海面、用吸管可以吸气后，才慢慢地松开。海面波涛起伏，在剧烈的心跳中，我慢慢划到不远处有灯光的地方。好多人已经挨个就位在一个长方形的浮式平台上，我迅速上前，抓紧横杠，长舒了一口气。船员过来把我们每个人的腿都用泡沫浮条给夹住，这样整个身体就平浮在水面上。

当我闷头俯瞰海里时，眼前顿时一亮，仿佛一下来到了海龙王的水晶宫，各种鱼儿在身下穿梭。原来架子上装有照明设备，强烈的蓝光射向海里，吸引了大大小小的鱼类。我顿时兴奋起来，刚才紧张慌乱的情绪一扫而光。只见一拨拨灰色的细条鱼，排列着整齐的队伍，"嗖嗖"地从身边穿过。身着五彩服的扁形热带鱼，闪闪发光地在眼前流连，喜爱之极，我伸手去抓，无奈它们瞬间消失了踪影。

正遗憾着，忽然从海底幽幽地冒出一只巨大的"风筝"，无声无息地滑翔过来。我惊讶地瞪大眼睛，屏住呼吸。只见它身体扁平，三角形胸鳍宽大，有2米多，背部黑色，雪白发亮的腹部带有少量黑色斑点，尾巴细长如针，拖在身后，闪着盈盈的蓝光。最为恐怖的是它一直张着巨口，用突出的头鳍上下左右摆动，将大量的小鱼拨入口中吞食。腹部羽状的鳃耙，像极了人类的肋骨。看来这就是魔鬼鱼。人群开始骚动并哼叫起来。这个在海洋中有一亿年历史、早在侏罗纪时代就出现的魔鬼鱼，一出场就是那么惊人。

据女儿介绍，魔鬼鱼的最大体宽可以达到 8 米，重达 3 吨左右。因优雅飘逸的游姿和夜空中飞行的蝙蝠相似，故而中文称呼蝠鲼鱼。看似恐怖的魔鬼鱼，其实非常温和，它们主要以浮游生物和小鱼为食。最为特别的是魔鬼鱼的繁殖方式，和其他鱼类大量产卵不同，它们是胎生，且每次只生一胎，怀胎十三个月左右才产出，因而对独子宠溺有加，常常舍命相护。魔鬼鱼的寿命一般约为 20 年。

随着光亮时间的增加，海中成群结队的浮游生物越来越多，一时吸引了好几条更大的魔鬼鱼游了过来。只见三五条魔鬼鱼一次次地前仰、旋转、俯冲，姿态灵活而优雅，仿佛深海中的芭蕾舞演员；又好像鸟儿展开宽阔的翅膀在蓝天中飞翔。它们自由自在，完全无视我们的存在，甚至有几次，有一条魔鬼鱼游到我身边，几乎贴近我的脸，似乎想和我拥抱，可我不敢碰它，怕伤到它。它仿佛了解我的心思，温柔地从我眼前慢慢飘过，无声无息，不带走一丝浪花。

"我怕你飞远去，怕你离我而去，更怕你永远停留在这里。大鱼的翅膀，已经太辽阔，我松开时间的绳索。"优美的旋律又在耳畔响起，缓缓在心间流淌。我多想永远停留在那广袤的大海，也如一条大鱼，伸展双臂，和你一起，在天地间自在地遨游。

跋

　　从没有像现在这般，关注身边的一草一木、感受节气的转换、在意自然的四季更替。

　　时间不再是日历上冰冷的数字、钟表的指针，而是河边的杨柳青青，池塘的荷花娉婷，月下的秋虫唧唧，以及窗前梅逊雪抑或雪输梅的各自谦逊。

　　在我们居住的地球上，在千变万化的时空下，深藏着无以计数的大自然的密码。每一个生命都是独一无二的，各美其美。我们努力启动敏锐的眼耳鼻舌身，用尽心思，似乎才可以窥得一丁点那无与伦比、不可名状的神性和美意。

　　自女儿上大学后，我拥有了自己的时间，去了一些山川湖海，也写了一些片言只语。这本集子共收录了 80 多篇散文随笔，是我这几年旅行的足迹，以及一些对自然的热爱、对生活的点滴感悟，基本在全国各大报刊发表过。拙笔描绘的都是一些自我的真实感受、谦卑的生命絮语。

　　我尝试着将与自然相拥的喜悦、忧虑、困惑留在笔尖，担心走过看过后，随风而逝。每当坐于窗前，那些山川河流、虫鱼鸟兽又仿佛历历在目，纸张也仿佛幻化成大地，有花开的声音，有鱼跃的身影，无不辽阔而生动。

　　而我也尝试着将体验唤醒体验。大自然调配的色彩、林间清新的空气、赏花观叶时愉悦的心情，唯有亲身体会，才能真切感知，因为没有一种分享能够被替代，没有一种语言可以精确地描绘。

人的一生其实很短暂，除了名利之外，还有太多的美好值得留恋。世间旖旎的风光，亘古不变的青山，浩瀚无垠的海洋，如此干净大美，都令我向往和陶醉，迷恋那些未知的世界，以及初见时的怦然心动。

我也试图将对这个世界的好奇启发好奇，以保持一种自我成长的动力。企盼如今的孩子们能从繁忙的学业中喘口气，去亲近拥抱自然。到公园的林间感受"蝉噪林愈静，鸟鸣山更幽"的真切意境；傍晚到河边体验"大漠孤烟直，长河落日圆"的绚丽壮美；放下手机，关注田野里的粮食和蔬菜；关心天地间的风雨雷电、自然中的草长莺飞，从中获得生命的智慧和启迪。

在所谓的文明世界里，人的认知和眼界都是有限的，自然的博大远超人类的想象。人类在地球上的足迹也只到过5%的地方，蓝色的星球上还有95%的地域，如海洋、雨林、群山、峡谷等，对人类还保持着神秘。而我们看似庞大的地球在太阳系中只不过是个小不点，太阳系在银河系中也还只是一个像素，而银河系在宇宙中，渺小到几乎无处可觅。探索是人类的天性。

知道得越多，越觉得自己的无知，去过的地方越多，想去的地方也就越多。人生的旅程，因为探索而精彩。

感谢江苏大学出版社施康社长和他的精英团队，为我策划、编辑、结集出版。感谢镇江市作协主席蔡永祥先生的帮助和鼓励。特别感谢张洪波老师题写书名。

感谢给我文字指导的杨莹老师、刘大卫先生、韩永军女士，以及我的好友们，特别感谢女儿李妍第一时间阅稿，给我建议。感谢我家先生李国的全力支持，还有他的老师顾利平先生的倾情帮助。

　　由于非科班出身，因爱好才与文字结缘，以我粗陋的学养、浅显的笔力、贫瘠的见识，文中或存有疏漏、不合理之处，对此，谨以尊敬诚恳之心，向各位读者致意致歉。

　　向所有阅读本书的读者致谢……

费永学

庚子年冬月于碧水铭苑